REMISE DE PEINE

P A T R I C K   M O D I A N O

缓　　刑

［法］帕特里克·莫迪亚诺 著

严胜男 译

上海译文出版社

序 言

第一次读《缓刑》我还二十不到。那次阅读经历恰巧——差不多吧——和我与莫迪亚诺的作品结缘的时间重合。我不知道先读了哪本。可能是《蜜月》、《消失了的街区》、《废墟中的鲜花》，抑或《环城大道》。我不知道。但记得是其中一本。我记得，某个早晨在于维西[①]火车站的桦榭书店里，我哥随手买了一本口袋书，他当时在巴黎攻读法律，他本想在去学校的路上读的那本书落在了家里。我记得，他闯入我的卧室，卧室淡黄色的墙壁上贴了一张海报，此刻旧事重提，倒觉得这张海报“出人意料”地颇似莫迪亚诺的风格：神秘的外墙，树莓纵横，常春藤蔓延，这是一栋人们想象当中的巴黎别墅，亮着灯的窗户、高高的栅栏门、影影绰绰的花园、模糊的剪影、痕迹、令人浮想联翩的生活片段，这个画面活脱脱就是从《缓刑》里面出来的，不过别墅的位置不太像是独属于作者的那个隐秘的巴黎，倒更像是远郊，“那时候那里还没成为远郊”，是一个个宁静富庶的小镇，消失在田野间，我看到过这样的风景，在一次去埃松省参加钢琴考试的路上。我记得，他把书给我，对我说：“喏，你应该读一读这个，你会喜欢的。”我听了他的话，就此沉溺其中，永永远远，那种奇妙和眩晕随之而来。当然，一切已然在那里：街名、电话簿、重叠的时空、模糊的倩影、销声匿迹、不可告人的过往、和纳粹合作的污点、洛里斯通街的暗影、四处游荡的调查、可疑的访客、孤独、遗弃、行迹存疑打零工的父

① 法国法兰西岛大区埃松省的一个市镇。

亲、在巡回演出之间奔波的当演员的母亲、没有户口簿、腼腆和优雅、压抑的恐惧和痛苦、模糊地带和黑洞，最后是这整个神话故事，珍贵独特，用谜样的句子写就，用忧伤轻盈、无与伦比的嗓音念出，但这个故事极为简单，没有鲜明的个性、没有惊世骇俗、没有绚丽的外在印记。日子一天天过去，我跑去图书馆囫囵吞枣读完了所有莫迪亚诺的作品。之后，我去圣米歇尔区的折扣书店淘书，连着几个月省下饭钱，我渐渐补全了他的旧作，开始追他的新作：我翘首期盼着，几乎每年一部，此后从未爽约，他的新书没有让我失望过，恰恰相反，每每读完一本，等待下本出版的迫切之情就更胜一筹，我迫不及待想要揭开那层薄纱，我们总以为会在下本书中做到这点，最后却发现还笼罩着另外的层层薄纱，人们急于亲自揭开，却无从知晓这最终是水落石出还是疑云渐浓……阅读莫迪亚诺的那段时日在我的记忆中是一段惊奇连连、欢欣雀跃的日子。那时我初到巴黎，上课的地方离布洛涅森林不远，我流连于拉丁区和圣日耳曼德佩区的书店、艺术实验电影院，偶尔在别墅区的幽静小道上会会朋友，这里更有资产阶级的味道，相较于大区特快D线每个周末把我带回去的那个家。我在他的小说中嬗变，在他的小说背景中漫步，我就是他笔下的一个人物，或者至少是其中一个人物的兄弟、后代。我的生活和那些书互有关联，互相渗透，书为我的生活抹上一层色彩，重新解构，使之变形，在一定程度上模糊了虚与实的界限。两者严丝密合：那些地方，过着双重生活的印象，灯火通明的楼房底下长长的阶梯，楼房大厅里看见的人名，这一切都处在特殊的光亮中，这光亮属于现在，一个满载着过去并投向未来的现在，一个朦胧不定的现在。我的私密地图在演变、在更改，一层层叠加在我的出生地之上(当然在主城之外，在郊区)，叠加在我此后不断成长的土地之上，叠加在被莫迪亚诺的小说重新描绘、重新定义、重新创造的土地之上。我到处搜寻那个瘦高的身影，我总是关注作品而非作家本人，我有喜欢的书，但居于幕后或者融入其中的作者不是我的兴趣点，但我总觉得会在不同的地方见到他，在卢森堡公园边上、在维克多·雨果大道上、在布洛涅森林的池塘边，可是从来没有发生过，直到几天前，正当我准备提笔写这篇序言时，我在乐蓬马歇百货公司的书店里，在一堆书架中看见了他，既清晰又迷茫，穿着米色的长款雨衣，就像一个眼色、一个征兆、一个奇怪——或者如他所说“古怪”——的巧合。我当然没有上前和他攀谈，我不敢。但我有了这样的幻觉，我知道了他在我心里的重要性，我对他的钦慕之情，我已经把他提升到神话的高度。再说了，退后一步来审视，我可以细细掂量在我巴黎头几年的真实记忆当中到底混杂了多少那段时间我如饥似渴吞下的莫迪亚诺作品中的内容，这两种“叙述”——其一已经消逝但属于我个人；另一个盘桓在字里行间，我不是作者，这些文字也和我没有任何关系——到底盘根错节到何种程度。这就是莫迪亚诺作品的力量，它能直抵你的最深处。它融入你的生活，直到无法厘清。这段日子重读《缓刑》，我才发觉这一切铸就了我现在的精神格局，及至我作品的背景、内容以及遣词造句，即使只有我能感觉到，即使这种影响的鲜明痕迹几乎隐而不见，或者说这种痕迹太过隐蔽，无法为外人察觉。因此，莫迪亚诺的影响力是根深蒂固的，他的书占据了专门一层书架，和其他对我意义非凡的书放在一起，其中有安妮·埃尔诺、雷蒙德·卡佛、亨利·卡莱的，收藏后几位作家的书或者是出于其他动机或者是要表明另外的主张。这些在书架上紧紧挨在一起的作家从根本上动摇了我，改造了我，改变了我，包括作为个体的我和作为作家的我。

距离第一次读《缓刑》已时隔二十年，二十年后重读，我想要追回这无法追回的蹉跎(和谁有关？关于什么？是要削减何种冒名顶替的感觉以及非法的印象？)，我一直没有时间重读那些塑造我的书和作家，记性又不太好，我总是觉得在抹去以往的痕迹，我步步向前，却困扰于遗失的东西，这个持续的黑洞不断变大，我惊诧于这本书竟然留下了如此之多的或清晰或模糊的印记，是应该重提莫迪亚诺了：莫迪亚诺和他弟弟居住的房子，这是父母留给他们的，尽管这对父母不太像父母；爬满常春藤的外墙以及周围的街道；进进出出的女人；学校里的伙伴；科萨德侯爵的废弃城堡；马戏团和意外事故；美国产的轿车；牛仔外套；夜总会的名字；父亲的露面；巴黎的修车行；成人团伙，只能依凭迹象、散落的碎片、通常无解的只言片语来了解他们的生活和形迹。照此说来，这种稍稍令人不安的遗弃感、隐约的焦虑感，还有那份不真实感，于我而言就是童年的代名词，童年建立在流沙之上，不断从指间流走，充满不确定，既无外廓也无中心，犹如疏松的泥土，我们在其中盲目前行，只能抓住残言断篇，陷入“存在”与“缺席”这两相纠缠的麻团中，就这样走过了少年时代，动荡、模糊，没有身份没有归宿，就像一条没有铭牌的丧家犬。这种感觉，莫迪亚诺在另一本书中[①]也描写过，似乎也非常契合《缓刑》，它勾勒出小说的远景和故事大纲："我将要提到的我头二十一年的那些事情，我是在混沌中经历的——这种生活方式能让一幕幕远景迅速掠过，而演员却静立在摄影棚的平台上一动不动。我想诠释出这种感受，在我之前已经有很多人感受到了：万物流逝，模糊不清，我无法再过我的生活。"

参照莫迪亚诺之后的作品，特别是那部他盛情邀请我们解读的《家谱》，《缓刑》在莫迪亚诺的所有作品中拥有别样的色彩，独具一格。首先，这是一部少见的开诚布公的自传性文本，甚至让我们产生了错觉，以为莫迪亚诺就是在用自己的名字上演自己的生活，并且趁此机会摇身一变为感人的"帕托施"——因为他难得的亲密、亲切，小男孩用精准和犹疑的口吻回

① 这另一本书指的是《家谱》。

顾起一段童年往事，我们后来知道这就是莫迪亚诺的童年，动荡的生活，寄居在父母朋友家中，而这些朋友又行事神秘、过往成谜，一边在等待当演员的母亲还有从事可疑勾当的父亲，同样可疑的还有父亲的过去和行踪，这一切或多或少是因为深陷在沦陷期的泥沼中，父亲会连续数日、数周、数月杳无音信或者不来看他们，之后又把他们送往别的地方，交托给别的人照顾。说到底，故事的真与假并非问题所在，令人激动的是那一丝光亮，那卸下防御的叙事，呈于你的肉眼之下，明明白白，扣动人心。自传体的脉络显而易见，但同时又赫然存在一个巨洞，交错着许多的犹疑和疑问。就好像在钻研一个他假模假样解开的谜团。就好像，在莫迪亚诺亲力亲为的调查的最深处，他用证据向我们表明，故事没有重新编排，它的表象、它的真实性，真实或虚构，都无关紧要，无从确定真相，无从解开疑问，无从判定暧昧。

莫迪亚诺的作品是在邀请我们参与到一场盛大的

多米诺游戏或揭面纱的游戏中，自《家谱》出版后，我就执着于对它的阅读，我代替作者继续调查，并且附上了我的个人调查。一个调查叠加在另一个之上，这是一厢情愿的行为。我猜想，随着岁月流逝，纸页翻过，每个读者都在悄悄地进行着自己的调查。《缓刑》提到的小说背景大概占据了一页的内容。“在茹伊昂若萨和巴黎之间，那还没成为远郊的地方的秘密。倾圮的城堡前是杂草丛生的草地，我们在草地上放风筝。梅兹村的森林。水磨的巨大转轮发出轰鸣声，送来河水的清凉。”“来来往往的奇怪女人［……］其中有齐娜·拉凯弗斯基、苏珊娜·宝莱、叫‘弗雷德’的女人、卡罗尔马戏团的经理、蓬蒂厄街上的夜总会，还有一个叫做罗斯-玛丽·克拉维尔的女人，她拥有一家旅馆，就开在老鸽棚街上，以及开美国车的女人。她们都穿着茄克衫和男鞋，而弗雷德，还戴了条领带［……］一天晚上，［……］爸爸［……］问我以后想做什么。我不知道该怎么回答他。”莫迪亚诺的书就像一个迷人的露天作业。每本都有双层含义。你尽可以认为，在一部完结的作品的最大续航能力范围中，它已经完结，同时又把它当成一块全新的拼板，属于一幅还没完工的大拼图，一些部分仍然“空着”，另一些部分已初具轮廓，越发精确。精确的部分当然和莫迪亚诺的父亲有关，他是这位作家作品中的大事件，我们在《缓刑》中又捕捉到了他稍纵即逝的存在，透过“洛里斯通街”的往事，听见了泄漏秘密的回音。鲁迪，莫迪亚诺的弟弟，却在整本书中是一个缺失的中心，一个振聋发聩的沉默。在《家谱》第44页上，我们能够读到在他之后的书中再也不会提及的内容：“1957年2月，我没了弟弟。[……]除了我的弟弟鲁迪还有他的死，我想我在此处将要说出的一切和我没有多深的关联。”在《缓刑》中，读到这一行行文字，让人心痛、让人揪心的正是这份回忆，转瞬即逝又无处不在，腼腆、恰当的含糊其词，不甚精确也无评论，小心翼翼，但这份回忆难能可贵，以至于帕托施的弟弟成了最突兀的存在。因此，《缓刑》才更加震撼人心，对比莫迪亚诺的其他作品，它并非是一部偏离主题的小品，有一个隐蔽的发动机在驱动它：镌刻在纸页上的，是兄弟间相处的朝朝暮暮，是一段回忆，在提起时还能说上一句：我和弟弟。

奥利维埃·亚当

在那个时期，戏剧巡回演出不仅风靡法国、瑞士和比利时，也席卷了北部非洲。我那时只有十岁。我的母亲外出巡回演剧，我和弟弟住在她的几位女友在巴黎郊区一个村庄的家中。

这是一座二层楼的房子，正面的墙上爬满了常春藤。英国人称作“凸肚窗”的一扇凸起的窗户延伸了客厅的长度。房子后面是一座梯形花园。在花园的第一座平台的深处，吉约坦医生①的坟墓掩映在铁线莲之中。他曾经在这座房舍里生活过吗？他曾经在这里改进他的断头台吗？在花园的高处，生长着两棵苹果树和一棵梨树。

客厅里，一些装甜烧酒的长颈大肚玻璃瓶上用银质细链拴着小搪瓷牌，上面写着品名：伊扎拉、谢里、居拉索。花园前的院子中央，忍冬蔓生到石井栏旁。在客厅的一扇窗户旁，电话机放在一张独脚小圆桌上。

一道铁栅栏护卫着稍稍缩在多尔代恩医生街后的房屋正面。一天，人们为这道栅栏抹上铅丹，之后重又涂上油漆。这种扎根在我记忆里的橘红色涂料的确是铅丹吗？多尔代恩医生街看起来颇为乡土，尤其在街的尽头：矗立着一座女修院，然后是一座人们去那里买牛奶的农场，再远一点，是城堡。沿街而行，右边的人行道上，你会路过邮局；路的左面，邮局的对面，你可以看到一道栅栏后的花匠的暖房，那位花匠的儿子是我班上的同桌。稍微再远一点，在和邮局同

---

① 约瑟夫·吉约坦（1738—1814），法国医生，断头台的发明者，法语中以他的名字命名断头台。

一边的人行道上，是梧桐树丛遮掩的贞德学校的围墙。

在这座房屋的对面，是一条呈缓坡的林荫大道。它的右侧是基督教堂和一片小树林，在这片树林的矮树丛中，我们曾经找到一个德国士兵的钢盔；在这条大道的左侧，是一座长条形的白色住宅，正面还带有三角楣，旁边是一个大花园和一棵垂柳。再往前，隔着这片花园与住宅相望的是罗班·代·布瓦旅店。

斜坡尽头，与它垂直的是条大路。往右是车站广场，这片广场始终很冷落，我们在广场上学会了骑自行车。朝相反的方向走去，你可以到达公园。在左边的人行道上，有一座骑楼，底层依次排列着报亭、电影院和药房。前药剂师的儿子是我的一位同班同学，一天夜里，他的父亲在平台上拴上一根绳子上吊自杀了。人们似乎都在夏天上吊。在别的季节，他们喜欢溺死在江河里。这是镇长告诉报贩子的话。

然后，是一块空地，每逢星期五人们都到那儿赶集。有时候流动马戏团的帐篷和赶集商人的临时木棚也支在这块空地上。

接着出现在你面前的是镇政府和平交道。过了平交道口，你就到了镇上的大马路，大马路通往教堂广场和死难者纪念碑。我和弟弟曾经当过这座教堂合唱队的儿童队员，参加过一次圣诞弥撒。

在我们俩住的这座房子里只有几位妇女。

小埃莱娜约莫有四十岁，棕色头发，前额宽大，长着高颧颊。她的身材非常矮小，使我们觉得她很亲近。由于一次工伤，她走路时有点瘸。她曾经当过马戏演员，后来又当过杂技演员，因此，她在我们中间很有威望。我和弟弟一天下午在梅德拉诺发现的那家马戏团是一个我们想加入的世界。她对我们说过她已经很久没操旧业了，她给我们看过一本相册，相册上贴着她身穿马戏演员和杂技演员服装的照片，还有杂耍歌舞剧场的一些节目单，上面登着她的名字：埃莱娜·托克。我经常问她借这本相册，我可以睡觉前躺在床上翻翻。

她、阿妮和阿妮的母亲玛蒂尔德·F三个人组成一个奇特的小圈子。阿妮的金黄色头发剪得很短，鼻子笔挺，面孔清秀娇嫩，双眼炯炯有神。但是她举止中的粗鲁与她的清秀面目形成对照，这或许是因为那件栗色旧皮茄克——一件男式茄克——她白天把它套在身上，下身穿着黑色的窄筒裤。晚上，她经常穿一件淡蓝色的连衣裙，腰间束着一根宽大的黑带子，我喜欢她这样的装束。

阿妮的母亲和她长得不一样。她们真的是母女吗？阿妮叫她玛蒂尔德。灰色的头发盘成发髻。一副线条生硬的面孔。总是穿着深色衣服。她让我感到害怕。我觉得她衰老了，其实她并不老：阿妮那时二十六岁，她的母亲五十岁左右。我记得她别在短上衣上的浮雕宝石。她说话有南方口音，后来我发现在尼姆长大的人也有这种口音。阿妮没有这种口音，她像我和弟弟一样带着巴黎口音。

玛蒂尔德每次对我说话时都叫我“幸运的傻瓜”。一天早晨我走出房间去吃早饭，她像平时一样对我说：

“你好，幸运的傻瓜。”

我对她说：

“你好，夫人。”

在过去许多年之后，我仿佛依然能听见她带着尼姆口音用她生硬的嗓音回答我说：

“夫人？……你可以叫我玛蒂尔德，幸运的傻瓜……”

小埃莱娜虽然和蔼可亲，但大概是一位像钢铁一样坚强的女性。

后来我得知她在阿妮十九岁时与阿妮相识。她对阿妮和阿妮的母亲玛蒂尔德·F有举足轻重的影响，结果这两位妇女抛下F先生和她一起出走了。

事情一定是这样的：有一天，小埃莱娜所在的马戏团驻扎在阿妮和她母亲生活的一个外省小镇上。阿妮坐在乐队旁，号手们通报，小埃莱娜即将骑在一匹披着银质马铠的黑马上出场。或者在我的想象中，她站在高高的秋千上，正准备做危险的三连跳。

演出之后，阿妮到小埃莱娜和吹奏蛇形风管的女人住的篷车里去找她。

阿妮·F 的一位女友经常到家里来。她名叫弗雷德。今天，在变为成年人的我看来，她只是一个五十年代在蓬蒂厄街开设夜总会的女人。在那个时期，她看来与阿妮年岁一样大，其实她稍微老一点，大约三十五岁。她棕色的头发剪得短短的，身段纤细，面色苍白。她穿着收腰的男式上衣，我还以为那是骑马的女人穿的上衣。

有一天，在一家旧书店里，我翻阅一期旧的《巴黎星期》，这期杂志是 1939 年 7 月出版的，上面登着电影院、剧院、杂耍歌舞剧场和夜总会上演的节目。

我惊奇地看到弗雷德的一幅很小的照片：她二十岁时就已经在经营一家夜总会了。我买下了这份节目单，就像获得一件物证，一个你不是在做梦的确实的证据。

节目单上写着：

侧影

蒙马特

洛雷特圣母街，58号

从22点到次日凌晨

弗雷德推出

她的女子夜总会—舞会

从瑞士归来

著名的唐·马尔约乐队

吉他演奏家伊齐多尔·朗鲁瓦

霎时间，我重新看到了我和弟弟过去看到的弗雷德的形象。那时候，我们放学回来看见她在屋子的花园里，像小埃莱娜一样，这个女人属于马戏世界，一个充满光环的世界。对我们来说，毫无疑问弗雷德在巴黎率领着一个马戏团，这个马戏团比梅德拉诺马戏团小，它支着带有红色条纹的白布帐篷，名叫“卡罗尔”。这个名称经常从阿妮和弗雷德的嘴中说出：卡罗尔——蓬蒂厄街的夜总会——我仿佛看见红白相间的帐篷和身材苗条、穿着收腰上衣的弗雷德驯养的动物。

有时候，在星期四，她陪着她的侄子，一个和我们年龄相仿的男孩到家里来。我们三个人整个下午都在一起玩耍。他对卡罗尔马戏团的情况知道得比我们详细得多。我记得他对我们说了一句难以理解的话，这句话至今还在我心中回响：

“阿妮在卡罗尔哭了一整夜……”

或许他从他姑妈嘴里听到了这句话，但并不明白它的意思。当他的姑妈不能陪他来家里，我和弟弟在星期四吃过午饭后就到车站去接他。我们从来不叫他的名字，因为我们不知道他叫什么名字。我们叫他“弗雷德的侄子”。

她们雇了一位年轻姑娘去学校接我，并且照料我们。她住在隔壁的房间里。她把头发梳成一个非常光洁的发髻，她的眼睛是淡绿色的，衬托出目光的清澈。她几乎不说话。她的沉默和她那双透明的眼睛使我和弟弟感到害怕。对我们来说，小埃莱娜、弗雷德和阿妮属于马戏团的世界，而这位梳着黑色发髻、长着淡绿色眼睛的沉默的年轻姑娘是一位奇特的人物。我们叫她“白雪”。

我还记得我们有好多日子都聚在一起，在那间用作餐厅的房间里共进晚餐。那间房间与客厅被进口处的走廊隔开。白雪坐在桌子的末端，我的弟弟在她的右边，我在她的左边。阿妮坐在我身旁，小埃莱娜在对面，玛蒂尔德坐在桌子的另一端。一天晚上，由于停电，房间里点着一盏油灯，放在壁炉上的油灯在我们周围投下微光。

其他的人像我们一样叫她白雪，有时候叫她“我亲爱的”。她们用“你”称呼她。她们很快变得亲密起来，白雪也以“你”称呼她们。

我猜想她们租下了这座房子。除非小埃莱娜是这座房子的主人，因为村里的商人都知道她。或许房子属于弗雷德。我记得弗雷德在多尔代恩医生街收到许多信件。每天早晨，在上学之前，我到信箱前去取那些信。

阿妮几乎每天都开着她那辆淡灰褐色的四马力汽车到巴黎去。她回来很晚，有时候，直到第二天才回来。小埃莱娜经常陪伴着她。玛蒂尔德不离开家。她去买东西。她购买一本叫《黑与白》的画报，许多期画报散乱地放在餐厅里。每逢星期四下午，天又下着雨，我们听着收音机里的儿童广播节目，我就翻阅这些画报。玛蒂尔德从我的手里夺过《黑与白》。

“别看这种画报，幸运的傻瓜！这不是给你这样年龄的人读的……”

白雪和我的弟弟在学校门口等我，我的弟弟年龄太小，还不能上学。阿妮为我在多尔代恩医生街尽头的贞德学校报了名。女校长问她是不是我的母亲，她回答说：是的。

我们俩都坐在女校长的办公桌前。阿妮穿着她的旧皮茄克和一条浅蓝色布裤子，这条裤子是她的女友齐娜·拉凯弗斯基从美洲给她带来的：这是一条蓝布工装裤。齐娜有时会来我们家串门。那时候，在法国很少见到这种裤子。女校长以怀疑的目光打量着我们：

“您的儿子应当穿一件灰色罩衫来上课，”她说，“就像他所有的小同学那样。”

回家的路上，沿着多尔代恩医生街，阿妮在我身边走着，她把手放在我的肩膀上。

“我对她说我是你母亲，因为要对她作出解释，那太复杂了。你同意吗，帕托施？”

而我，我在好奇地想象着我该像其他小同学一样穿的灰色罩衫。

我在贞德学校做学生的时间并不长。由于铺着煤渣，操场的地是黑的。这种黑色与梧桐树的树皮和叶子很相称。

一天上午，在课间休息时，女校长向我走来，并且对我说：

“我想见你的母亲。请她在今天下午开始上课前过来。”

她像平时一样以生硬的语气对我说话。她不喜欢我。我对她做了什么错事？

在校门口，白雪和弟弟等着我。

“你愁眉苦脸，有什么事不顺心？”白雪说。

我问她阿妮是否在家。我只担心一桩事：怕她夜间没有从巴黎回来。

幸亏，她回来了，但回来得很晚。她还在房间里睡觉。她的房间在走廊尽头，窗户对着花园。

“去把她叫醒。”小埃莱娜对我说。我已经告诉埃莱娜校长要见我的母亲。

我敲响了她的门。她不回答。弗雷德侄子说的那句神秘的话重新出现在我的脑海里：“阿妮在卡罗尔哭了一整夜。”是的，她到中午还睡着觉是因为她在卡罗尔哭了一整夜。

我转动门把，慢慢地推开门。阳光照在房间里。阿妮没有把窗帘拉严。她躺在大床的边上，随时都可能掉下来。为什么她不睡在床中间呢？她在睡觉，胳臂放在肩膀上，仿佛感到冷，不过她是和衣而睡的，她甚至没有把鞋子脱掉，她还穿着她的皮茄克。我轻轻地摇她的肩膀。她睁开眼睛，皱着眉头朝我看：

“啊……是你，帕托施……”

她和贞德学校的女校长在操场的梧桐树下踱来踱

去。女校长要我在她们谈话时在操场上等她们。我的同学们在两点差五分响铃时回到了教室，我看见他们在那儿，隔着玻璃窗，坐在课桌后面。我想听听她们在说什么，可是我不敢走近她们。阿妮在一件男衬衫外面套着她的旧皮茄克。

随后她丢下女校长向我走来。我们俩从在围墙上一扇面对着多尔代恩医生街的小门走出了学校。

“我可怜的帕托施……他们把你开除了……”

我想哭，可是当我抬头看她时，我看到她在微笑。这使我定下心来。

“你是个坏学生……像我一样……”

是的，她没有斥责我，我感到放心，不过我还是有点惊讶，这件事在我看来事态严重，但她却付之一笑。

“不用担心，我的老帕托施……我们会替你到另一所学校报名……”

我不认为自己比别的学生坏。贞德学校的女校长大概了解了我的家庭情况。她或许察觉到阿妮不是我的母亲。阿妮、小埃莱娜、玛蒂尔德，甚至还有白雪：奇特的家庭……她害怕我为班上的同学树立一个危险的榜样。人们能责怪我们什么呢？首先是阿妮的谎言。它大概立刻引起了女校长的注意：她显得比实际年纪轻，她本该说她是我的大姐……还有她的皮茄克，尤其是那条浅色蓝布工装裤，那时候这种裤子是如此罕见……对玛蒂尔德没有任何可指责的。她的深色衣服、她的短上衣、她的浮雕玉石和尼姆口音……她是一位普通的老妇人。相反，小埃莱娜带我们去做弥撒或去村子的商人那里时却穿着奇特：马裤塞在靴子里，长袖女衬衫的袖子鼓起，又在手腕处收紧，黑色的滑雪裤，或者镶着螺钿的开襟短背心……人们猜到她过去从事的是什么职业。然而，报商和糕点商似乎很喜欢她，并且总是很有礼貌地对她说：

“你好，托克小姐……再见，托克小姐……对于托克小姐，这是？……”

人们能指责白雪什么呢？她的沉默、她黑色的发髻和她透明的眼睛令人肃然起敬。贞德学校的女校长一定纳闷，为什么是这位年轻姑娘来到校门口接我，而我的母亲却不来；为什么我不像其他的小同学那样独自回家。她大概认为我们很有钱。

谁知道呢？女校长只要见到阿妮就会对我们产生怀疑。我自己就曾在一个晚上无意中听见小埃莱娜和玛蒂尔德之间谈话的片言只语。那时阿妮还没有开着她的四马力汽车从巴黎回来，玛蒂尔德显得不安。

“她什么事都干得出，”玛蒂尔德带着沉思的神色说，“您知道，利努，她是个狂热的冒险家。”

“她不会做出格的事，”小埃莱娜说。

玛蒂尔德沉默了一会儿，然后说：

“您明白，利努，您结交一些怪人……”

小埃莱娜的面孔阴沉下来。

“结交怪人，您这是什么意思，蒂尔达?”

我从未听到过她用这样生硬的语气说话。

“别生气，利努。”玛蒂尔德带着惊恐和温顺的神色说。

她这时不再是把我称作“幸运的傻瓜”的那个女人。

从那天起，我就知道阿妮外出时并不是把整夜的时间用于在卡罗尔哭泣。她或许在做一些严重的事。后来，当我询问发生了什么事时，人们回答我“非常严重的事”，这就像我已经听过的一句话发出的回声。可是那天晚上，“狂热的冒险家”这个说法使我不安。不管我怎样看阿妮的脸庞，我在那上面看到的只有温柔。在这双清澈的眼睛和这副微笑的面孔之后，难道有一个狂热的爱冒险的头脑吗?

我现在成了镇小学的学生，这所学校比贞德学校稍微远一点。需要沿着多尔代恩医生街走到尽头，并且穿过通向镇政府的道路和平交道口。一道双扉大铁门开向操场。

在那里，我们也穿灰色罩衫，但是操场上没有铺煤渣。只有泥土。我的老师很喜欢我，每天上午他要我在班上朗读一首诗。一天，因为白雪不在家，小埃莱娜来接我。她穿着马裤、靴子和那件我称为“牧童衣”的上衣。她与我的老师握手，并且对他说她是我的姑妈。

“您的侄子诗念得很好。”老师说。

我总是念同一首诗，我和弟弟熟记的那首诗：

啊，多少水手，多少船长……

在这个班上，我有一些要好的同学：多尔代恩医生街花匠的儿子，药剂师的儿子，我想起我们得知他父亲上吊自杀的那个上午……梅兹村的面包师的儿子，他姐姐年龄和我一样大，金黄色鬈曲的头发一直垂到她的踝骨。

白雪经常不来接我，她知道我会和我们的邻居——花匠的儿子一起回家。下午放学后，如果没有作业，我们就成群结队地到村子的另一头，比城堡和火车站更远的地方，一直到比埃弗尔河边的大水磨旁。水磨一直在运转，不过它显得破旧，似乎被废弃了。每逢星期四，当弗雷德的侄子不在的时候，我就带我的弟弟到那儿去。这是我们应当保守秘密的冒险。我们从墙的缺口钻进去，然后相互靠着坐在地上。水磨的大轮子转动着。我们听到马达的轰鸣声和瀑布的哗啦声。这里很凉快，我们呼吸着水汽和潮湿的青草的气味。昏暗中闪亮的大轮子使我们有点害怕，但我们还是情不自禁地望着它转动，我们并肩坐着，胳臂交叉地放在膝盖上。

我的父亲在两次去布拉柴维尔[①]旅行的间隙来看望我们。他不开车，因为需要有人用车把他从巴黎带到我们的村子，他的朋友轮流送他来：阿内·巴代尔、萨沙·戈尔迪恩、罗贝尔·夫利、雅克·布多-拉莫特、乔治·吉奥尔吉尼、热扎·佩尔蒙，还有肥胖的吕西安·P，每次他坐在客厅的一张安乐椅上，我们都害怕椅子会在他的重压下倒塌或裂开；斯蒂奥帕·德·

---

① 刚果共和国首都。

D戴着单片眼镜，穿着毛皮大衣，他的头发上涂着厚厚的发膏，在他颈项靠着的长沙发和墙上留下了污迹。

我父亲都是在星期四来看望我们，他带我们去罗班·代·布瓦旅店吃午饭。阿妮和小埃莱娜不在家。玛蒂尔德留在家里。只有白雪陪同我们一起吃午饭。有时弗雷德的侄子也陪我们一起吃。

我的父亲从前经常光顾罗班·代·布瓦旅店。有一次在我们吃午饭时他对他的朋友热扎·佩尔蒙谈到这个情况，我听着他们的谈话。

“你记得吗？……”佩尔蒙说，“我们那时和埃利奥·萨尔泰尔一起来这里……”

“城堡毁坏了。”我父亲说。

城堡位于多尔代恩医生街的尽头，在贞德学校的对面。半掩的栅栏上钉着一块半腐的木牌，上面写着：“美国军队征用财产，供弗朗克·阿朗准将使用。”每逢星期四，我们就从栅栏的两扇门扉里钻进去。草地上，我们陷在齐腰高的杂草中。在草地深处，耸立着一座路易十三风格的城堡，正面的两侧有两座凸出的小楼。后来我得知它是在十九世纪末建造的。我们在草地上放风筝，飞机形状的风筝是用红蓝两色的布做成的。我们费了很大劲才把它弄上天。在那儿，在城堡的右边，是一个种着松树的小丘，有一张石凳子，白雪坐在上面……当她在读《黑与白》或者织毛衣时，我们爬到松树的树枝上。不过我和弟弟会感到头晕，只有弗雷德的侄子能爬到树顶。

到下午三四点时，我们沿着从小丘延伸出去的路，在白雪的陪伴下进入森林。我们一直走到梅兹村。秋天我们就拾栗子。梅兹的面包师是我同班同学的父亲，每当我们走进他的面包铺时，我朋友的姐姐都在那儿，我喜欢看她垂到踝骨的鬈曲的金发。然后我们从来时走的路回去。暮色中，城堡的正面和凸起的两座小楼显得阴森可怕，我和弟弟的心怦怦乱跳。

“我们去看城堡？”

从此，这成为我父亲在每次午饭后说的话。像别的星期四一样，我们沿着多尔代恩医生街行走，从半开的栅栏钻到草地里。只有在我的父亲和他的一位朋友——巴代尔、戈尔迪恩、斯蒂奥帕或罗贝尔·夫利——陪伴我们的日子，我们才不去那里。

白雪在她常坐的地方，松树脚下的凳子上坐下。我的父亲走近城堡，他凝视着城堡的正面和被堵死的高大的窗户。他推开大门，我们走进一个大厅，大厅的石板地面被瓦砾和枯叶盖住了。

“是的，我认识这座城堡的主人。”我父亲说。

他看出我和弟弟都感兴趣。于是他给我们讲科萨德侯爵埃利奥·萨尔泰尔的故事。这位侯爵二十岁时在第一次世界大战期间曾经是飞行英雄。后来他娶了阿根廷女人并且成为阿尔马尼亚克烧酒大王。我父亲说，阿尔马尼亚克是科萨德侯爵萨尔泰尔酿造的酒，他把这种酒装在非常漂亮的瓶子里成卡车地出售。我父亲说：“我那时帮他把所有卡车上的货卸下来。我们一箱箱地数着。他买下了这座城堡。他在战争结束时和他的妻子一起消失了，但是他没有死，他有一天会回来的。”

我的父亲小心翼翼地把贴在大门背后的一张小布告揭了下来。他把这张布告送给了我。今天我还能毫不犹豫地背出它的全文：

7 月 23 日星期二 14 点

没收非法所得

坐落于梅兹村的

豪华房地产

包括城堡和 300 公顷森林。

“留心这座城堡，孩子们，”我父亲说，“侯爵回来得会比人们认为的早……”

他漫不经心地向我们招手致意，然后，登上了那天为他充当司机的那位朋友的车子，当车子向巴黎开去时，我们还看见他的手在车窗玻璃后面缓缓地挥动。

我和弟弟决定在夜间去巡视城堡。要等家里的人都睡着才能去。玛蒂尔德的房间在院子深处的一座小楼楼下，所以没有被她撞见的危险。小埃莱娜的房间在二楼，在走廊的另一头，白雪的房间在我们房间的旁边。走廊地板有点嘎吱作响，但是我们只要一到楼梯底下就什么也不用怕了，道路会是畅通的。我们将选择一个阿妮不在家的夜晚——因为她睡得很晚——一个她在卡罗尔哭泣的夜晚。

我们在厨房的壁橱里拿了手电筒，一只银白色的金属电筒，投射出黄色的光线。我们穿上衣服。我们在睡衣外面穿上毛衣。为了不至于睡着，我们谈论科萨德侯爵埃利奥·萨尔泰尔。我们两人都对他作各种不同的猜测。我弟弟认为，在侯爵来到城堡的那些夜晚，他乘坐来自巴黎的最后一班火车到达村子的车站，那班火车在23点30分到，我们能从我们房间的窗户听到它有节奏的轰鸣声。为了不引起旁人的注意，他避免把汽车——它会显得可疑——停在城堡的栅栏前。他像一个普通的散步者一样在夜间步行前往他的庄园。

我们俩都坚信：科萨德侯爵埃利奥·萨尔泰尔在这些夜里就呆在城堡的大厅里。在他到来之前，有人清除了枯叶和瓦砾，然后又把它们铺上，以便不留下他来过的任何痕迹。而为他的主人的来访做这样准备的就是梅兹的猎场看守人。他住在森林里，在村庄和维拉库莱伊机场边缘之间。我们在和白雪一起散步时经常遇见他。我们曾经问过面包师的儿子，这位严守秘密的忠实仆人叫什么名字：格罗斯克罗德。

格罗斯克罗德住在那里并非出于偶然。我们在飞机场周围的森林地带发现了一条改作他用的降落跑道，还有一个大车库。侯爵在夜间利用这条跑道乘飞机前往一个遥远的地方——南方的一个海岛。过了一些时候，他又从那儿回来。而格罗斯克罗德在那些夜晚在跑道上安置了一些小小的信号灯，好让侯爵顺利着陆。

侯爵坐在一张绿丝绒安乐椅上，对着巨大的壁炉，格罗斯克罗德在炉里生了火。在侯爵身后，摆好了一张饭桌，上面有银烛台、花边织物和玻璃器皿。我和弟弟走进大厅。大厅只被壁炉的火光和那些蜡烛的火焰照亮着。格罗斯克罗德首先看到我们。他向我们走来，他穿着靴子和马裤。

“你们在这儿干什么？”

他的声音充满威胁。他可能会给我们每人两个耳光，然后把我们推到外面去。在我们进入大厅时，最好尽快走向科萨德侯爵并且对他说话。我们希望事先准备好我们要对他说的话。

“我们来见您因为您是我父亲的一位朋友。”

将由我来说这第一句话。随后，我们每人都会对他说：

“侯爵先生，晚安。”

我还会补充一句：

“我们知道您是阿尔马尼亚克烧酒大王。”

不过，有一个细节却让我忧心忡忡：那就是埃利奥·萨尔泰尔·德·科萨德把脸转向我们的时刻。我父亲曾经对我们讲过他在第一次世界大战的一次空战中烧伤了脸，此后他在皮肤上涂上一层赭石色的油膏以便掩饰伤疤。在这间大厅里，在蜡烛和木柴的火光下，这副面孔一定会令人不安的。但是我将终于看到我想在阿妮的微笑和明亮的眼睛后看到的东西：一个狂热的爱冒险的脑袋。

我们拎着鞋子，踮着脚走下楼梯。厨房的闹钟指向 11 点 25 分。我们在身后轻轻关上了房子的大门和朝着多尔代恩医生街安装的铁栅栏小门。我们坐在人行道边系鞋带。火车的轰鸣声越来越近了。它在几分钟后就要进站，在站台上只会留下一个旅客：科萨德侯爵埃利奥·萨尔泰尔，阿尔马尼亚克烧酒大王。

我们挑选的日子都是天空晴朗、群星和新月闪耀的夜晚。我们系好鞋子，手电筒藏在我的毛衣和睡衣之间，我们需要走到城堡。月光下空旷的街道、四周寂静无声。我们感觉要永远离开家了，我们渐渐放慢了脚步。走了五十米左右，我们又往回走。

现在，我们解下鞋带，重新关好房子的大门。厨房的闹钟指着 11 点 40 分。我把电筒放在壁橱里，我们踮着脚登上楼梯。

我们蜷缩在我们两张相对的床上，感到一种轻松。我们低声谈论侯爵，各自都发现一个新的细节。时间已过午夜，在那儿，在大厅里格罗斯克罗德侍候他用夜宵。下一次，在往回走之前，我们将在多尔代恩医生街上再往前走远点。我们将走到女修院。再下一次，更远，到农场和理发铺。下下次，再更远，每夜多走一段路。那么就只用再走十几米路，就可以到城堡的栅栏前。再下次……结果我们睡着了。

很快，我发现阿妮和小埃莱娜在家里接待了一些像科萨德侯爵埃利奥·萨尔泰尔一样神秘和令人感兴趣的人。

是阿妮保持着和他们的友好联系吗？还是小埃莱娜？我想二者必居其一。玛蒂尔德在他们在场时持谨慎的态度，她经常回到她的房间里。或许这些人使她害怕，或者她对他们丝毫不怀好感。

今天我试图回想起我在门廊下和客厅里见到的所有的人，但我说不出他们中大多数人的名字。真糟。如果我把一个名字和在我记忆中掠过的十来个人联系起来，我或许会让今天活着的几个人感到难堪。他们会回想起他们当时结交的一些坏人。

那些形象至今很清晰的人是罗歇·樊尚、让·D和安德烈·K。当时据别人说后者是“一位有名气的医生的妻子”。他们每星期都到我们家来两三次。他们和阿妮及小埃莱娜一起去罗班·代·布瓦旅店吃午饭，午饭后，他们在客厅里还呆上一会儿。或者，他们在家里吃晚饭。

有时，让·D独自一人来。是阿妮用她的四马力汽车把他从巴黎带回来的。他看来与阿妮最亲密，大概是通过他阿妮结识了另外两个人。让·D和阿妮年龄一样大。当让·D在罗歇·樊尚的陪伴下来看望我们时，他总是乘罗歇·樊尚那辆带有活动车篷的美国汽车。安德烈·K不时地陪伴他们同来，她坐在美国汽车的前排座位上，在罗歇·樊尚的旁边；让·D坐在后排座位上。罗歇·樊尚那时大约四十五岁，安德烈·K三十五岁。

我回想起我们第一次看见罗歇·樊尚的美国汽车停在屋前的情景。那是在放学后，快到中午的时候。我那时还没有被贞德学校开除。从远处，这辆带有活动车篷的巨大汽车——淡灰褐色的车身和红皮软垫座席在阳光下闪闪发亮——让我和弟弟大为惊讶，仿佛我们在一条街道的拐弯处见到了科萨德侯爵。后来我们互相吐露心事，原来在那个时刻我们不约而同地想到：这辆车是科萨德侯爵的车，他是在种种奇遇后回到村子的，我的父亲曾要求我们拜访他。

我对白雪说：

“这辆车子是谁的?”

“是你教母的一位朋友的。”

她始终把阿妮叫做“你的教母”，确实，一年前在比亚里茨①的圣马丁教堂我们接受了洗礼，我的母亲请阿妮做我的教母。

当我们走进屋子的时候，客厅的门开着，罗歇·樊尚坐在凸肚窗前的长沙发上。

“来问好，”小埃莱娜说。

她在三个杯子里倒满饮料，然后塞紧一个挂着搪瓷牌的长颈大肚甜烧酒瓶。阿妮在打电话。

---

① 法国西南部的一个市镇。

罗歇·樊尚站起身。我觉得他个子很高。他穿着一身浅色方格细呢制服。他的头发是白色的，往后梳理得很光洁，但他看起来并不老。他向我们俯下身。他对我们微笑着。

“孩子们，你们好……”

他握了我们每个人的手。我放下我的书包和他握手。我还穿着我的灰罩衫。

“你放学了吗？”

我说：“是的。”

“在学校里还好吧？”

“还好。”

阿妮把话筒放好，和小埃莱娜一起走到我们身边，小埃莱娜把甜烧酒盘子放在长沙发前的矮桌上。她递了一杯给罗歇·樊尚。

“帕托施和他的弟弟住在这里。”阿妮说。

“那么，为帕托施和他弟弟的健康干杯。”罗歇·樊尚笑容满面地边说边举起他的杯子。

这个笑容在我的记忆中是罗歇·樊尚的主要特征：它永远挂在他的嘴唇上。罗歇·樊尚沉浸在这微笑中，这微笑并不快乐，而是冷淡、迷惘，就像笼罩在他身上的一团轻雾。他的微笑、他的声音和他的举止都给人低沉压抑的感觉。罗歇·樊尚从不发出声响。你听不见他到来，当你转过身时，他已经到了你身后。我们从我们房间的窗口有时看见他开着他的美国汽车到达。它停在屋前，像一艘汽艇，马达熄灭，被拍岸浪花托举着缓慢靠岸。罗歇·樊尚从车中走出来，动作迟缓，微笑挂在嘴角上。他不会把门弄得砰然作响，而是轻轻地关上。

那天，我们和白雪一起在厨房吃过午饭，他们还呆在客厅里。玛蒂尔德则在照管玫瑰花，这些花是她种在花园的第一层平台上的，就在吉约坦医生墓旁。

我手里拿着书包，白雪陪我去贞德学校上下午的课。这时阿妮出现在客厅的门框里，她对我说：

“好好学习，帕托施……”

在她身后，我看见小埃莱娜和露出惯有的微笑的罗歇·樊尚。他们肯定正要离家去罗班·代·布瓦旅店吃午饭。

“你步行上学吗？”罗歇·樊尚问我。

“是的。”

即使当他说话时，他也带着微笑。

“我用车送你去，如果你愿意的话……”

“你看见罗歇·樊尚的车子了吗？”阿妮问我。

“看见了。”

她一直叫他“罗歇·樊尚”，怀着热爱和尊敬，仿佛他的姓和名不能分开。我听见她在电话里说：“喂，罗歇·樊尚……您好，罗歇·樊尚……”她用

“您”称呼他。她和让·D很钦佩他。让·D也叫他“罗歇·樊尚”。阿妮和让·D在一起谈论他，他们似乎在互相讲述“罗歇·樊尚的故事”，就像人们互相讲述古老的传说一样。安德烈·K，“有名气的医生的妻子”，仅仅叫他罗歇，并且用“你”来称呼他。

“你乐意我用这辆车把你送到学校去吗？”罗歇·樊尚问我。

他猜到了我和弟弟的想法。我们俩都坐到车子的前排座上，在他的身旁。

他在大街的缓坡上来了个漂亮的倒车，然后车子开上了多尔代恩医生街。

我们像在平静的水面上滑行。我听不见马达的声响。我和弟弟是第一次乘一辆带活动车篷的汽车。这辆车很大，似乎和整条街差不多宽。

“那儿就是我的学校……”

他停住车子，伸开胳臂，亲自为我打开车门让我下车。

"勇敢些，帕托施。"

我很自豪他叫我"帕托施"，仿佛他早就认识我。我的弟弟现在独自一人坐在他身边，他在这张红皮长椅上显得格外瘦小。我在走进贞德学校的操场前回过头来。罗歇·樊尚向我挥手示意。他微笑着。

让·D没有带活动车篷的美国汽车，但他有一块很大的手表，表面可显示出秒、分、时和年月日。他向我们解释这块带有许多按钮的手表的复杂结构。比起罗歇·樊尚，他对我们亲热得多。他也比罗歇·樊尚年轻。

他穿着一件麂皮茄克衫，翻领运动衣，绉胶底鞋……他也是细高个儿。黑色的头发，五官端正的脸庞。当他栗色的眼睛看着我们时，他闪亮的目光中交织着狡黠和忧伤。他圆睁双目，仿佛对一切都感到惊讶。我羡慕他的发型：长长的平顶头发，而我呢，理发师每隔两星期就把我的头发理得非常短，以至于当我把手放到我的头顶和耳朵上方时都会被扎痛。但是我没有什么可说的。理发师拿着他的推子，根本不问我的意见。

让·D比其他人更经常地到我们家来。阿妮总是用她的四马力汽车把他带来。他和我们一起吃午饭，他坐在餐厅的大桌旁，挨着阿妮。玛蒂尔德叫他“我的小让”，她对他不像对别的客人那么持重。他叫小埃莱娜“利努”，就像玛蒂尔德那样叫她。他总是对她说：“利努，你好吗？”而他叫我“帕托施”，就像阿妮一样。

他把他的手表借给了我和弟弟。我们每人可以戴它一星期。皮表带太长了，他在上面扎了个眼儿，使它扼紧我们的手腕。我戴着这块手表到贞德学校，我让那天在操场上围着我的同班同学欣赏它。或许女校长注意到我手腕上的这块硕大的手表，并且从她房间的窗户看见我走下罗歇·樊尚的美国汽车……于是，她认为这就足够了，贞德学校没有我的立足之地。

“你读些什么书？”让·D有一天问我。

阿妮、玛蒂尔德、小埃莱娜和白雪午饭后都在客厅里喝咖啡。这是一个星期四。我们等待着该和她的侄子一起来的弗雷德。我和弟弟决定在那天下午进入城堡的大厅，因为我们已经和我的父亲一起在下午进去过。弗雷德的侄子在我们的身边会让我们鼓起勇气去碰碰运气。

“帕托施读许多书，”阿妮回答说，“是吗，白雪？”

“就他的年龄来说他读得太多了。”白雪说。

我和弟弟把一块糖放在阿妮的咖啡杯里，我们学样把它咬碎了。随后，当他们喝完咖啡时，玛蒂尔德会告诉他们空杯中剩下的是“咖啡渣”。

“可是你读什么?”让·D问道。

我回答他说是绿色丛书：儒勒·凡尔纳的书，《最后一个莫希干人》……但是我偏爱《三剑客》，因为米莱狄的肩上印着百合花。

“你应该读读黑色小说。”让·D说。

“你疯了，让，”阿妮笑着说，“帕托施还太年轻，不能读黑色小说……”

“他完全有时间读黑色小说。”小埃莱娜说。

显然，玛蒂尔德和白雪都不知道“黑色小说”这话的含义。她们保持沉默。

几天以后，他乘着阿妮的四马力汽车又来到我们家。那个下午下着雨，让·D穿着一件羊皮里上衣。我和弟弟都坐在餐厅的桌子旁听无线电广播，当我们看到他和阿妮一起进来时，我们站起身向他问好。

“瞧，”让·D说，“我给你带来一本黑色小说……”

他从他的羊皮里上衣的口袋里掏出一本黄黑两色

的书，然后把它递给我。

“别当真，帕托施……”阿妮说，“这是开玩笑的话……这不是给你的书……”

让·D用他略微睁大的眼睛看着我，他的目光温和又忧伤。有时，我觉得他和我们一样是孩子。阿妮经常用对我们说话的语气对他说话。

“是给你的……”让·D说，“我相信这本书会令你感兴趣的。”

我接过了这本书，为的是不使他难过，直到今天，每当我偶然看到这种黄黑两色的硬纸封面时，一种低沉的有点单调缓慢的声音就在我的脑海里回荡，这是让·D的声音，他那时每天晚上都对我和弟弟重复他给我的那本书上印的题目：《别碰金钱》。

这是同一个日子吗？天下着雨。我们陪同白雪到了报亭，因为她想买信封和纸。当我们走出家门时，阿妮和让·D都坐在那辆停在门口的四马力汽车里，他们在说话，他们在全神贯注地谈话，没有看见我们。但我还是向他们挥了一下手。让·D放下了他的羊皮里上衣的领子。当我们回来的时候，他们俩还在四马力汽车里。我向他们俯下身，但是他们甚至没有对我看上一眼。他们说着话，两人都愁眉苦脸。

小埃莱娜一边听广播，一边在餐厅的桌子上用纸牌占卜。玛蒂尔德大概在她的房间里。我和弟弟走进我们的房间。我从窗口望着雨中的四马力汽车。他们留在车内谈话，直到晚饭开饭时。他们究竟能谈些什么悄悄话呢？

罗歇·樊尚和让·D经常和安德烈·K一起来家里用晚餐。其他客人在晚饭后来。在那些夜晚，他们都在客厅里呆到很晚。我们从我们的房间听见欢声笑语。还有电话铃声。还有门铃声。在7点半时我们和白雪一起在厨房吃晚饭。餐厅的桌子已经为罗歇·樊尚、让·D、安德烈·K、阿妮、玛蒂尔德和小埃莱娜摆好。小埃莱娜为他们做菜，他们都说她是“一个出色的女厨师”。

我们在睡觉前到客厅里向他们道晚安。我们穿着睡衣和室内便袍——阿妮送给我们的两件苏格兰布的便袍。

其他人在晚上聚会时和他们碰头。当白雪熄了灯，对我们道过晚安后，我情不自禁地通过我们房间的百叶窗的缝隙看他们。他们每个人来时都按门铃。在台阶的电灯泡的强烈光线下，我能看清他们的面孔。有的面孔永远印在我的记忆中。我感到奇怪，警察们为什么没有询问过我。毕竟孩子们见过一些人。他们也听过一些人谈话。

"你们的便袍非常漂亮。"罗歇·樊尚说。

而且他微笑着。

我们首先握住安德烈·K的手，她一直坐在电话机旁的花布安乐椅上。当她在家时，会有人给她打电话。接电话的小埃莱娜说：

"安德烈，是找你的……"

安德烈·K以潇洒的动作向我们伸出手臂。她也微笑着，但她的微笑没有罗歇·樊尚的微笑持续的时间长。

"晚安，孩子们。"

她有一张布满雀斑的脸，高颧颊，绿色的眼睛，梳有刘海的浅栗色头发。她不停地抽烟。

我们握了始终微笑着的罗歇·樊尚的手。然后握了让·D的手。我们吻了阿妮和小埃莱娜。在我们和白雪离开客厅前，罗歇·樊尚还在夸奖便袍漂亮。

我们走到楼梯下面，让·D从客厅微开的门的缝隙里探出头：

“睡个好觉。”

他用微微圆睁的眼睛温和地看着我们。他对我们眨了眨眼睛，然后，仿佛事关我们之间一桩秘密似的，他用更低的声音说：

“别碰金钱。”

一个星期四，白雪告假走了。她去看望一个住在巴黎的亲戚。午饭后她和阿妮及玛蒂尔德一起坐着四马力汽车动身了。我们独自留在家里，小埃莱娜看管我们。我们在花园里搭帆布帐篷玩，这顶帐篷是阿妮去年在我过生日时送给我的。下午三四点钟时，罗歇·樊尚独自来了。他和小埃莱娜在院子里说话，但我听不见他们的谈话。小埃莱娜对我们说他们要到凡尔赛买东西，她要我们陪他们同去。

我们很高兴再次坐上罗歇·樊尚的美国汽车。这是在四月，复活节假期里。小埃莱娜坐在前面。她穿着马裤和牛仔衣。我和弟弟坐在后排宽大的长椅上，我们的脚够不到车厢底。

罗歇·樊尚慢慢开着车。他带着微笑向我们转过身：

“你们要不要我打开收音机？”

收音机？可以在这辆汽车里听收音机？他揿下了仪表板上的一个象牙色的按钮，我们就立刻听到了一段音乐。

“声音要大点还是小点，孩子们？”他问我们。

我们不敢回答他。我们听着从仪表板里飘出的音乐。然后一个女人开始用刺耳的声音歌唱。

“唱歌的是琵雅芙，孩子们，”罗歇·樊尚说，“这是我的一个朋友……”

他问小埃莱娜：

“你有没有再见到琵雅芙？”

“有时见到她，”小埃莱娜说。

我们沿着一条大街前进，我们到了凡尔赛。车子在红灯前停下，我们欣赏着左侧草地上的一个时钟，时钟的数码是用花坛组成的。

“会有一天，”小埃莱娜对我们说，“我领你们去参观城堡。”

她要罗歇·樊尚在一家商店前停下，那里在出售旧家具。

“孩子们，你们留在这里，”罗歇·樊尚说，“你们看好车子……”

我们为能履行这样重要的使命而自豪，我们注意着人行道上来来往往的过路人。在商店的玻璃后面，罗歇·樊尚和小埃莱娜在和一个棕色头发的男人说话，那人穿着件雨衣，留着小胡子。他们谈了很长时间。他们把我们忘记了。

他们走出商店。罗歇·樊尚手里拎着个手提箱，他把这个箱子放到车子的后备厢里。他坐到驾驶盘前，小埃莱娜坐到他身边。他向我们转过身：

“没有什么情况吗？”

“没有……”我说。

“那太好了。”罗歇·樊尚说。

回家的路上，在凡尔赛，我们沿着一条大道前进，在大道的尽头矗立着一座砖砌的教堂。在一条闪闪发光的碰碰车的环路周围，一些赶集商人的临时木棚占着土台。罗歇·樊尚把车停在人行道旁。

“我们带他们到碰碰车上去兜一圈怎么样？”他对小埃莱娜说。

我们四人都在圆形场地旁等着。扩音器大声播送着一支乐曲。只有三辆车被顾客占着，其中的两辆追逐另一辆，并且从两边同时撞击它，车上的人发出欢笑声。集电器杆在环路的顶上留下一道道火花。但是最吸引我的还是车子的颜色：青绿、淡绿、黄色、紫色、鲜红、淡紫、玫瑰、深蓝……它们停住了，坐车人离开了场地。弟弟和罗歇·樊尚登上一辆黄色的车子，我和小埃莱娜一起上了一辆青绿色的车。

环路上只有我们四人，我们的车并不相撞。罗歇·樊尚和小埃莱娜开着车。我们绕着圆形场地转，小埃莱娜和我跟在罗歇·樊尚和我弟弟的车后。我们穿梭在环路上其他静止不动的空车子之间，蜿蜒行驶。

音乐声变得低沉了，刚才给我们票的那个男人站在场地边神色忧郁地看着我们，仿佛我们是最后几个顾客。

天快晚了。我们在场地边停住。我再一次凝视所有这些色彩鲜艳的碰碰车。就寝的时间过后，我和弟弟在我们的房间里还谈论着这些车子。我们决定在第二天用车库里的旧木板在院子里开辟一个圆形场地。显然，我们搞到一辆碰碰车是困难的，但或许我们能找到旧的、坏的车。我们尤其关心的是车子的颜色，我在淡紫色和青绿色之间犹豫不决，我的弟弟偏爱非常浅的绿色。

空气是温暖的，罗歇·樊尚没有把车子的顶篷放下。他在对小埃莱娜说话，我一门心思地在想着我们刚刚发现的那些碰碰车，所以没有听他们两个大人的谈话。我们沿着飞机场行驶，我们很快就要向左转，开上通往村庄的坡路。他们提高了声音。他们不是在争论，他们仅仅是在谈论安德烈·K。

“是的……”罗歇·樊尚说，“安德烈经常和洛里斯通街的那帮人来往……”

“安德烈经常和洛里斯通街的那帮人来往”，这句话给我留下很深的印象。我们在学校里也有一帮人：花匠的儿子、理发师的儿子和另外两三个我记不起来的都住在同一条街的同学。人们叫我们“多尔代恩医生街的一帮人”。安德烈·K像我们一样也属于一帮人，但是在另一条街。这个使我和弟弟感到害怕的女人，连同她的刘海、她的雀斑、她的绿莹莹的眼睛、她的香烟和她神秘的电话，突然使我觉得她和我们更亲近了。罗歇·樊尚和小埃莱娜看来也很了解“洛里斯通街的那帮人”。后来，我又在他们的谈话中听到过这个名字，我已经习惯于它的回声。几年以后，我在我父亲的嘴里听到它，但我不知道“洛里斯通街的那帮人”会那么长久地萦绕在我心头。

当我们到达多尔代恩医生街的时候，阿妮的四马力汽车停在那里。在她身后，有一辆大摩托车。在门口的走廊上，让·D对我们说这辆摩托是他的，那天晚上他就是骑着它从巴黎到家来的。他还没有脱掉他的羊皮里上衣。他答应我们他将带我们轮流坐摩托车，可是那天晚上时间已经太晚了。白雪明天早晨回来。玛蒂尔德去睡觉了，阿妮要我们回自己的房间呆一会儿。罗歇·樊尚拎着他的手提皮箱走进了客厅。小埃莱娜、阿妮和让·D跟在他身后，他们进去后就把门关上了。我从楼梯的高处看着他们。他们在客厅里究竟能说些什么呢？我听见电话铃响。

过了一段时间，阿妮叫我们。阿妮、小埃莱娜、让·D、罗歇·樊尚和我们俩全都一起在餐厅的桌子旁吃晚饭。那天，在吃饭时，我们没有像平时那样穿着室内便袍，而是穿着我们白天的衣服。小埃莱娜在做菜，因为她是个出色的厨师。

我们在多尔代恩医生街住了远不止一年时间。在我的记忆中，季节交替更迭。冬天，在午夜的弥撒上，我们曾经当过神父的侍童。阿妮、小埃莱娜和玛蒂尔德也去做弥撒。白雪在她家里过圣诞节。我们回来的时候，罗歇·樊尚在家里，他告诉我们有一个人在客厅里等我们。我和弟弟走了进去，我们看见坐在电话机旁边的花布安乐椅上的是圣诞老人。他不说话。他默默地递给我们每人几个用银白色纸包装的包裹。可是我们没有来得及把它们打开。他站起身，向我们示意跟他走。他和罗歇·樊尚把我们一直带到对面院子的玻璃门前。罗歇·樊尚开了院子的灯。在我们一块挨着一块摆好的木板上，有一辆浅绿色的碰碰车——正是我弟弟中意的那款。随后，我们和他们一起进晚餐。让·D也来和我们相聚。他的身材和动作与圣诞老人一模一样。还有同样的手表。

学校操场上的雪。三月的骤雨往往夹杂着冰雹或雪花。我发现两天中有一天下雨，我能够预测到天气。我总是猜得很准。我们有生以来第一次去看电影，是和白雪一起去的。这是一部劳莱和哈代①的影片。花园的苹果树重新开花了。我再一次陪伴多尔代恩医生街的那帮人去磨坊，它的大轮子还在转动。在城堡前，放风筝的游戏重新开始了。弟弟和我不再害怕进入大厅，也不再害怕走在大厅里的瓦砾及枯叶上。我们坐在大厅深处的升降机里，这架升降机有两扇栅栏门，四壁是浅色和粉刷过的木板，里面有一张

① 两位美国演员组成的喜剧二人组，曾红极一时。

红皮软垫长凳。它没有天花板，光线从升降机上方依然完整的玻璃天棚射进来。我们揿动按钮，装出登上几层楼的样子，埃利奥·萨尔泰尔·德·科萨德侯爵或许在那里等候我们。

但是那一年人们没有在村里见到他。天气很热。苍蝇粘在糊厨房墙壁的胶纸上。我们和白雪及弗雷德的侄子在森林里吃了一顿野餐。我和弟弟最爱干的事，是让碰碰车在旧木板上滑动起来。后来我们得知小埃莱娜托了她朋友中的一位流动商贩才搞到这辆车。

为了过 7 月 14 日的国庆节，罗歇·樊尚邀请我们在罗班·代·布瓦旅店进晚餐。他是和让·D、安德烈·K 一起从巴黎来的。我们占着旅店花园的一张桌子，这座花园里装饰着树丛和雕像。大家都在那儿：阿妮、小埃莱娜、白雪，甚至玛蒂尔德。阿妮穿着她那件淡蓝色的连衣裙，她那条宽大的黑皮带紧紧地束着腰。我坐在安德烈·K 身边，我想问她有关她经常接触的洛里斯通街的那一帮人的情况。但我不敢问。

秋天……我们和白雪一起去拾森林里的栗子。我们不再得到父母亲的消息。母亲的最后一张明信片上画的是突尼斯城的一幅俯瞰图。父亲从布拉柴维尔给我们写信。后来又从班吉[①]写信。再后来就杳无音信了。这是开学的时候。做完体操之后，我们的老师叫我们把操场上的枯叶耙干净。在我们家的院子里，我们是听凭枯叶掉落，从不耙干净的，落叶染上了铁锈色，与碰碰车的淡绿色形成对照。这辆车似乎永远固定在铺满枯叶的圆形场地中央。我和弟弟坐到碰碰车里，我靠在驾驶盘上。明天，我们将找到开动它的办法。明天……永远是明天，就像那些不断推迟的夜探科萨德侯爵城堡的计划一样。

又停电了，为了进晚餐，我们用一盏油灯照明。每到星期六晚上，玛蒂尔德和白雪在餐厅的壁炉里生

① 中非共和国首都。

起火，她们让我们收听无线电广播。有时，我们听罗歇·樊尚和小埃莱娜的朋友琵雅芙歌唱。晚上，在睡觉之前，我浏览小埃莱娜的相册，相册里有她和她的朋友们的照片。她的朋友中有两人给我的印象很深：一位是美国人切斯特·金斯顿，他的四肢像橡胶一样柔软，他的动作轻松自如，人们因此把他叫做“七巧板人”。另一位叫阿尔弗雷多·科多纳，空中杂技运动员，小埃莱娜经常对我们谈起他。这个马戏团和杂耍歌舞剧场世界是我和弟弟后来愿意生活在其中的唯一的世界，这或许是因为小时候母亲领我们去参观后院的包厢和后台的缘故。

其他的人总是到家里来。罗歇·樊尚、让·D、安德烈·K……还有那些在晚上按门铃的人，我透过百叶窗的缝隙窥视他们被大门口的灯泡照亮的面孔。谈话声、笑声和电话铃声。还有阿妮和让·D在雨中坐在四马力汽车里。

在后来的年月里，我再也没有见到他们，除了有一次，我重新见到了让·D，我那时二十岁。我住在布朗什广场附近库斯图街的一间房间里。我在尝试写第一本书。一位朋友邀请我到街区的一家餐馆进晚餐。当我和他见面时，他身边围着两个客人：让·D和一位陪伴他的姑娘。

让·D几乎没怎么变老。他的两鬓有一些灰白的头发，但还是理平头。眼睛周围有一些很细的皱纹。他不再穿羊皮里上衣，而是穿着一套非常漂亮的西服。我在想他和我，我们都不再是原来的样子了。在吃这顿饭的过程中，我们丝毫没有提及从前的日子。他问我在干什么。他用“你”来称呼我，并且叫我：帕特里克。他肯定对另外两位解释过他早已认识我。

我对他的情况知道得比我童年时稍多点。那年，一位摩洛哥政治家被绑架，这件事传得沸沸扬扬。这个事件的一位主角在警察闯进他家时，在代·雷诺德街神秘地死去。让·D是这个人的朋友，也是最后一个看见他活着的人。他证实了这个情况，人们在报纸上谈论这件事。但是那些文章还包含别的细节：让·D曾坐过七年牢。人们没有说清楚他为什么坐牢，但是，从时间来看，他的麻烦始于多尔代恩医生街时期。

我们没有提起一句有关那些文章的话。我仅仅问他是否住在巴黎。

“我有一间办公室，在圣奥诺雷区。你该来看我……”

晚饭后，我的朋友悄悄走掉了。我单独和让·D

及陪伴他的姑娘呆在一起，那位姑娘棕色头发，大概比他小十来岁。

“我用车把你带到什么地方?”

他打开了一辆停在餐馆前的捷豹汽车的车门。我从那些文章中得知，人们在有的场合称他“开捷豹的大个儿”。从晚餐开始时起，我就想进入主题，要他澄清直到那天仍是个谜的一段过去。

“是因为这辆车人们叫你‘开捷豹的大个儿’吗?”我问他。

可是他耸耸肩膀没有回答我的话。

他想看看我在库斯图街的房间。他和那位姑娘跟着我登上狭窄的楼梯，楼梯上铺的旧地毯散发出一股怪味。他们走进房间，那位姑娘坐到唯一的座位(一把柳条椅)上。让·D只好站着。

看着他穿着非常漂亮的西服，系着深色的丝领带站在这间房间里真让人感到奇怪。姑娘环视四周，似乎对房间的装饰不感兴趣。

“你写作？还顺利吗？”

他向桥牌桌俯下身，看着那些我日复一日尽力填满的纸张。

“你用圆珠笔写吗？”

他对我微笑着。

“这里没有暖气？”

“没有。”

“你能对付过去？”

对他说什么呢？到了月底的时候，我都不知道如何支付这间房子的房租：五百法郎。当然，我们早已相识，但这不是我可以向他倾吐我的烦恼的理由。

“我能对付过去。”我对他说。

“看不出来。”

一时间，我们在窗洞里面对面地站着。虽然人们管他叫“开捷豹的大个儿”，我现在还比他稍微高一点。他以深情而天真的目光看着我，和在多尔代恩医生街时一样。他用舌头舔着嘴唇，我回想起他在家里沉思时也这么做。这种以舌舔唇、陷入沉思的方式，后来我在让·D以外的另一个人埃马纽埃尔·贝尔身上也见到了。这打动了我。

他沉默不语。我也无话可说。他的女友一直坐在柳条椅上，翻阅一本被她随手从床上拿起来的画报。这位姑娘呆在屋里真好，否则，让·D和我，我们会说话的。这样沉默并不容易，我从他的目光中看得出来。只要一开口说话，我们就会像被击中要害倒下的射击场木偶那样。阿妮、小埃莱娜、罗歇·樊尚肯定在监狱里完了……我失去了我的弟弟。线断了。一根蛛丝。这一切什么都不剩……

他向他的女友转过身去，对她说：

“这里有一派美景……这真是蓝色海岸……”

窗对面狭窄的皮盖街，从来没有人从那儿走过。在街的拐角处，有一家青绿色的酒吧间，一位姑娘孤零零地守在门口。

“美丽的景色，对吗？”

让·D仔细地察看房间、床和我每天在上面写作的桥牌桌。我看到他的背影。他的女友把前额贴在窗玻璃上，凝视着下面的皮盖街。

他们告辞时，他鼓励我好好干。过了一会儿，我在桥牌桌上发现四张细心地折叠起来的五百法郎的钞票。我想找到他在圣奥诺雷区的办公室的地址。但是徒劳。而且我再也没有重新见到开捷豹的大个儿。

星期四和星期六，当白雪不在的时候，阿妮用她的四马力汽车带我和弟弟去巴黎。路线总是同样的，我只要努力一下，就能回想起这条路线。我们沿着西面的高速公路，穿过圣克卢隧道。我们通过塞纳河上的一座桥，然后顺着布洛涅和纳伊的河堤街行驶。我回想起街边的高大房屋，前面有栅栏和树丛；驳船和浮动别墅，人们可以通过木梯子走上去：每座别墅的名称都写在楼梯口的信箱上。

“我要在这里买一条驳船，我们大家都住上去，”阿妮说。

我们到达马约门。我能确定这段路程，因为我认出了动植物驯化园的火车。一天下午阿妮带我们上了小火车。在纳伊、勒瓦鲁瓦和巴黎交界的地区，我们到了旅行的终点。

这是一条路旁种树的街道，树叶在街道上形成拱顶。这条街上没有高楼大厦，但有一些货棚和修车行。我们停在那座最大和最现代化的修车行前，它的淡灰色门面还带有三角楣。

在修车行内，有一间玻璃隔开的房间。一个男人在那儿等着我们，他一头鬈曲的金发，坐在一张金属办公桌后的一把皮安乐椅上。他的年龄和阿妮一样大。他们相互用“你”称呼。他像让·D一样穿着一件格子衬衫、一件麂皮茄克，一件冬用羊皮里上衣，还穿着绉胶底鞋子。我和弟弟谈话时管他叫“比克·达尼”，因为我觉得他像我那时读的一本儿童画报上的一个人物。

阿妮和比克·达尼究竟能谈些什么？当办公室的

门在里边锁上，一道橙色的布帘子在玻璃窗后垂下时，他们能做些什么？我和弟弟在修车行里闲逛，比起被科萨德侯爵埃利奥·萨尔泰尔抛弃的城堡的大厅，这个修车行还要神秘。我们看着一辆辆汽车，有的缺挡泥板，有的没有引擎盖，有的少一个轮胎；一个穿着工作服的男人躺在一辆敞篷汽车下，用一把活动扳手在修什么，另一个男人手里拿着一根管子在给一辆卡车的油箱加油。这辆卡车停下时马达发出可怕的轰鸣声。一天，我们认出了罗歇·樊尚的那辆美国汽车，引擎盖被人打开了，我们由此得出结论：比克·达尼和罗歇·樊尚是朋友。

有时，我们到比克·达尼的住所去找他，他的住所在一条大街边的一片高层建筑中，今天我觉得那条街是贝蒂埃大街。我们在人行道上等阿妮。她和比克·达尼一起来找我们。我们让四马力汽车停在高层建筑群前，我们四人从那些两边是树木和车棚的小街走到修车行。

修车行里很凉快，汽油的气味很浓烈，胜过我们一动不动地站在磨坊的水磨前时嗅到的湿草与水的气味。废弃的汽车沉睡在一个角落里，微光浮动。这些汽车的车身在微光中闪闪发亮，我情不自禁地盯着固定在墙上的一块金属牌子，这块黄色的牌子上印着一行黑字：嘉实多，它的字体和读音至今仍使我激动。

一个星期四，阿妮用她的四马力汽车带着我一个人走了。我弟弟和小埃莱娜一起去凡尔赛买东西了。我们停在比克·达尼住的高层建筑前。但这一次，她没有和他同来。

在修车行，他不在他的办公室里。我们又坐回四马力汽车。我们在街区的小街里行驶。我们迷了路。我们在这些因路旁都是树木和车棚而相似的街道里转来转去。

她最后停在一幢砖墙小屋旁，我至今还在怀疑它是不是纳伊过去的入市税征收处。但是重新找到那些地方有什么用？她转过身，向后排座椅伸出胳臂，在上面拿了张巴黎交通图和另外一件东西，她把那件东西拿给我看，我那时不知道它的用场：一个栗色鳄鱼皮的香烟盒。

“拿着，帕托施……这东西给你……以后会有用的……”

我凝视着这个鳄鱼皮盒子。盒内有个金属弹簧夹，装着两支香烟，散发出金色烟草非常柔和的芳香。我把这两支烟从盒中取出，就在我要谢谢她送给我这件礼物并把两支烟还给她时，我从侧面看到她的脸。一道泪水在她的脸颊上流淌。我什么也不敢说，弗雷德的侄子的话在我脑中回响：“阿妮在卡罗尔哭了一整夜。”

我胡乱摸着香烟盒。我等待着。她向我转过脸。她对我微笑着。

“你喜欢它吗？”

她突然发动了车子。她总会做一些突然的动作。

除了晚上，她总是穿着男孩的茄克和裤子。她金色的头发很短。但她洋溢着女性的温柔，却又如此脆弱……在回去的路上，我想着她和让·D在雨中呆在四马力汽车里时的严肃面孔。

二十年前，大约在我重新见到让·D的那个时期，我回到了这个街区。整个七月和整个八月，我住在格雷齐沃当广场一间很小的顶楼房间。盥洗盆靠着床。我那时在努力完成我的第一本书。我在十七区、纳伊和勒瓦鲁瓦的交界处散步，那是在假日里阿妮带我和弟弟去的地方。人们无从知晓这整片不明确的地区是否还属于巴黎，在建设环路时，所有这些街道都被从地图上抹掉了，随之也带走了它们的修车行和它们的秘密。

当我住在这个我们经常走过的街区时，我没有一刻想到过阿妮。由于我父亲的缘故，一段更为久远的过去萦绕在我心头。

二月的一个晚上他在马里尼翁街的一家餐厅被逮捕了。他身上没有证件。警察检查是由于德国人的一道新命令：禁止犹太人20点以后在公共场所逗留。他利用月色昏暗和警察在囚车前的一时疏忽逃跑了。

第二年，人们在他的住所把他拘捕了。人们把他带到拘留所，然后把他带到巴黎车站河堤街的德朗西兵营的一座附属建筑物，那是一座巨大的货仓，在那里集中了德国人从犹太人那里掠夺来的所有财产：家具、餐具、布制品、玩具、地毯、艺术品，就像在老佛爷百货商店按层次和柜台摆放的商品。那些被拘禁的人一箱箱地取出运来的箱子里的东西，又装满别的运往德国的箱子。

一天夜里，有人坐车来到车站河堤街，并且让人释放了我的父亲。我想——不管对不对——这是个叫路易·帕尼翁的人，人们叫他“埃迪”，他在解放时和他所属的洛里斯通街的那一帮人一起被枪决了。

是的，有人把他放出了“牢房”，我十五岁时的一天晚上，当我独自一人和他呆在一起，他要对我说知心话时这样告诉我。那天晚上，我感到他本想把他对人生的模糊而令人痛苦的体验传达给我，但找不到适当的话来表达。帕尼翁或另一个人？我需要得到我的问题的答案。在这个人和我父亲间能存在什么联系？一位从前同一部队的战友吗？战前的一次意外的相遇？在我住在格雷齐沃当广场的那个时期，我想通过重新找到帕尼翁的踪迹来解开这个谜。我被准许查阅旧档案。他生于巴黎第十区，在共和国广场和圣马丁运河之间的地方。我的父亲也是在第十区度过他的童年的，但在稍远一点的地方，在奥特维尔居住区那边。他们是在街区的市镇学校相遇的吗？1932 年，帕尼翁因为“开设赌场”被蒙德马桑轻罪法庭判刑。从 1937 年到 1939 年，他在第十七区的修车行工作。

他结识了一个叫亨利的人，那人是森卡汽车公司的代理人，住在丁香门那边；他还结识了一个叫埃德蒙·德勒埃耶的人，那人是萨瓦里工厂的车间主任，这家工厂位于奥贝维埃[①]，生产汽车车身。这三个人经常见面，他们三人都在汽车业工作。战争来临了，随后是德国对法国的占领时期。亨利组织了一个黑市窝点。埃德蒙·德勒埃耶当他的秘书，帕尼翁当他的司机。他们住在星形广场[②]附近洛里斯通街的一家私人旅馆里，和他们同住的还有另一些难以令人称道的人。这些坏男孩——用我父亲的话说——渐渐陷入了错综复杂的事情：从黑市交易起，他们被德国人拖进了肮脏的警察勾当。

帕尼翁参与了调查报告称为"比亚里茨的袜子买卖"的一件交易。帕尼翁涉嫌到那个地区不同的走私者那里收购大量的袜子。他把它们分成一打一包，存

① 位于巴黎郊区的一个市镇。

② 即戴高乐广场，凯旋门所在地。

放在巴约纳车站附近。这些袜子整整装满了六节车皮。在德军占领下的空荡荡的巴黎，帕尼翁驾着车，他买了一匹赛马，住在贝尔弗耶街的一套豪华的连带家具一同出租的房间里，他的情妇是个侯爵的妻子。他和她一起经常去纳伊的驯马场、巴比松①、布日瓦勒②的禁果旅店……我的父亲什么时候认识帕尼翁的？是在做比亚里茨袜子买卖的时候吗？谁知道？1939 年的一个下午，在十七区，我的父亲把车停在一家修车行前让人给他的福特牌汽车换轮胎，帕尼翁也在那里。他们在一起谈话，帕尼翁或许请他帮忙或提建议，他们和亨利及埃德蒙·德勒埃耶一起到邻近的咖啡馆喝一杯……人们在生活中经常会有一些奇遇。

我在丁香门旁慢慢地走着，希冀有人还记得一位

---

① 属于法兰西岛大区的一个市镇，和法国的印象主义画派有密切关系。

② 属于法兰西岛大区的一个市镇。

在1939年前后住在那儿的森卡汽车公司的雇员。一个叫亨利的人。但是不行，人们什么也想不起来。在奥贝维埃，让-饶勒斯大街，从前雇用埃德蒙·德勒埃耶的车身工厂早已不复存在。那么帕尼翁过去在十七区的修车行呢？如果我能发现它的话，一位过去的机械修理工或许会对我谈论帕尼翁和——我希望——我的父亲。我就终于会知道，需要知道的和我父亲知道的一切情况。

我草拟了一张十七区的修车行的名单，尤其选中了那些位于这个区边缘的修车行。我有一种直觉，帕尼翁就在这些修车行中的一家干活：

维修兼加油修车行

明星修车行老公司

樊宗·维卡尔公司汽车别墅

蓝色海岸修车行

卡罗利恩修车行

尚拜莱–马尔利修车行

水晶修车行

德·科尔萨克·埃登修车行

北方之星运动修车行

法美修车行

S.O.C.O.V.A.

玛热斯蒂克修车行

别墅修车行

吕克斯修车行

圣皮埃尔修车行

慧星修车行

蓝色修车行

马特弗尔修车行

迪亚克·科尔树林修车行

豪杰修车行

迪克斯米德—旅馆—车行

比法洛—运输车行

杜维维耶有限公司

寄存—维修车行

朗西安兄弟修车行

戎基埃尔码头修车行

时至今日，我想阿妮带我和弟弟去的修车行大概也在这张名单上。或许就是帕尼翁的那家修车行。我重新见到那条街的树木和枝叶、带有三角楣的巨大的浅褐色门面……有人把它连同别的修车行一起拆了，而所有这些年月，对我来说只是对一家消失的修车行漫长而徒劳的寻找。

阿妮把我带到巴黎的另一个区，后来我很容易认出这个地方：在蒙马特，朱诺大街。她把那辆四马力汽车停在一座小白楼前，这座楼有一扇锻铁玻璃门。她要我等着。她不会去很长时间。她走进了楼房。

我在大街的人行道上散步。或许我对这个街区的喜爱源于那时。一座很陡的楼梯通往楼梯下的另一条街道，我喜欢沿这座楼梯拾级而下。这是科兰库尔街，我走了几步路，但我不敢走得太远。我赶紧登上楼梯，担心阿妮坐上她的四马力汽车跑掉而把我一个人扔下。

但还是我先到，我还得等她，就像在修车行里一样，那时，橙黄的帘子在比克·达尼办公室的玻璃窗后垂下，我和弟弟就在外面等她。她与罗歇·樊尚一起从楼里走出来。他向我微笑着。他假装是偶然碰上我。

“哟……你在这个街区里干什么?”

在后来的那些日子里，他对安德烈·K、对让·D或对小埃莱娜说：

“真有趣……我在蒙马特遇见了帕托施……我心想他能在那儿干什么……”

他向我转过身来：

“什么也别对他们说……说话越少，身体越好。”

在朱诺大街，阿妮吻了他。她叫他“罗歇·樊尚”并且以“您”称呼他，但是她吻他。

“有一天，我会邀请你到我家来，”罗歇·樊尚对我说，“我住在这里……”

他向我指着小白楼的锻铁玻璃门。

我们三人都在人行道上走着。他的美国汽车没有停在他家门前，我问他为什么。

“我把它留在对面的修车行了……”

我们经过楼梯旁的阿尔齐纳旅店。一天，阿妮说：

“起初我和小埃莱娜与玛蒂尔德就住在那儿……您要是看见玛蒂尔德的面孔……”

罗歇·樊尚微笑着。而我，虽然听不懂，依然听着他们说的所有的话，这些话全都印在了我的脑海里。

很久以后，我结了婚，我在这个街区住了几年。我几乎每天都要走过朱诺大街。一天下午，我推开了那座白楼的锻铁玻璃门。我按响了看门人的门铃。一个红棕色头发的人从门缝里探出头。

“您有什么事?”

“我想打听一个二十年前住在这栋楼里的人……”

“啊，先生，那时我还不在这儿……”

“您知道我有什么办法才能得知他的情况吗?”

“请您问对面的修车行。他们认识所有的人。”

但是我没有问对面的修车行。我曾经用了那么多天时间在巴黎寻找一些修车行但都没有找到，所以我不再抱有希望。

在夏季，白天的时间变长了，阿妮不像白雪那么严厉，她每天晚上让我们在屋前大街的缓坡上玩耍。在那些晚上，我们没有穿上室内便袍。晚饭后，阿妮陪我们到房门口，把她的手表交给我：

“你们可以玩到 9 点半……到了 9 点半，你们就回来……帕托施，你看好时间……我相信你……”

让 · D 在的时候，他把他的那块大表交给我。他把它调好，到 9 点半时一个小铃——就像闹钟的铃一样——提醒我们回家的时间已到。

我们俩沿着大街一直走到汽车寥寥无几的公路。

在一百米开外的地方，靠右的是火车站，这栋钢筋水泥的破旧小楼很像一座海边城堡。在它前面是一片空旷的广场，广场四周是树木。还有那家“火车站咖啡馆”。

一个星期四，我的父亲没有和他的朋友中的一位坐汽车来，而是改乘火车。黄昏前，我和弟弟送他上火车站。因为我们提前到了火车站，他邀请我们到火车站咖啡馆的露台上坐坐。我和弟弟喝了可口可乐，而他喝了掺水白兰地。

他付了饮料账，起身去乘火车。在离开我们之前，他说：

“别忘了……如果你们碰巧在城堡看见科萨德侯爵的话，以阿尔贝的名义向他致意……”

在公路和大街的拐角，我们在女贞树树丛后看着火车站。不时有一群旅客走出车站，朝着村庄、比埃弗尔磨坊和梅兹方向散开。旅客越来越稀少。很快，唯一的一个人穿过广场。科萨德侯爵？我们必须在这个夜里冒险去城堡。但我们清楚地知道这个计划会被不断地推迟到下一天。

罗班·代·布瓦旅店的周围是一圈树篱，我们会在那儿站上老半天。我们听着坐在花园的桌旁吃晚饭的人的谈话。他们被树篱挡着，但是我们听见他们的声音从近处传来。我们听到餐具的清脆撞击声，侍者踩在沙砾上嘎吱嘎吱响的脚步声。一些烧好的菜的气味和女贞树的芬芳混杂在一起。但是女贞树的香气更浓。整条大街上都充满女贞树的气味。

在那儿，客厅的凸肚窗亮了。罗歇·樊尚的美国汽车停在屋前。那天晚上，他和安德烈·K，即“名医的妻子”一起来了，后者经常和洛里斯通街的那伙人来往，她用“你”称呼罗歇·樊尚。那时还不到9点半，但阿妮从屋中走出来，穿着她那件腰部收紧的浅蓝连衣裙。我们弯着腰，尽快地再次穿过大街，躲在小树林的灌木丛中。这片森林从基督教教堂后面延伸开去。阿妮走近了。她的金色头发在暮色中闪闪发亮。我们听见她的脚步声。她想找到我们。这是我们之间的一场游戏。在这片草木蔓生的荒废的土地上，我们每次都躲藏在不同的地方。她终于找到我们的躲藏地，因为当她走得太过靠近时，我们忍不住发出一阵疯笑。我们三人一起回家。她像我们一样，也是个孩子。

有的话会永远印在脑海中。一天下午，在我们家对面的基督教教堂的院子里举行了一场露天赈济游艺会。从我们房间的窗口，我们俯视着小孩和他们的家长拥挤在小摊位周围。在吃午饭时，玛蒂尔德对我说：

“你会喜欢去庙会吗，幸运的傻瓜？”

她带我们去了。我们买了张彩票；结果赢了两包奶油夹心点心。回来的时候，玛蒂尔德对我说：

“人们让你们进庙会是因为我是基督教徒，幸运的傻瓜!”

她像平时一样严肃，她佩戴着她的浮雕玉石，穿着黑色连衣裙。

“我还告诉你一句话：基督教徒什么都看得见!人们什么也不能对他们隐瞒，他们并不是只有两只眼睛！他们在头后面也有一只！你明白了吗?”

她用手指指给我看她盘在脑后的发髻。

“你明白了吗，幸运的傻瓜?在脑后的一只眼睛!”

从此，当她在场时，我和弟弟就感到不自在，尤其当我们经过她身后时。过了很长时间，我才明白基督教徒也是和其他人一样的人，从此每当我遇见一位基督教徒时，我不再向街对面的人行道走去。

再不会有任何话语会对我们产生这样的反响。这就像罗歇·樊尚的微笑。我再也没有见过这样的微笑。即使当罗歇·樊尚不在时，他微笑的神情也呈现在我的面前。我回想起让·D对我说的另一句话。一天上午，他用他的摩托车把我一直带到凡尔赛的公路。他开得太快，我抓住他的羊皮里上衣。在回来的时候，我们停在罗班·代·布瓦旅店前。他想买香烟。女老板独自一人在旅店的酒吧间里，这位年轻的金发女郎非常漂亮，我父亲曾和科萨德侯爵埃利奥·萨尔泰尔，或许还有埃迪·帕尼翁一起来过这家旅店，他们当时认识的女人不是这个女郎。

“一包巴尔托烟。”让·D对她说。

女老板递给他一包烟，同时向我们投来微笑。当我们走出旅店时，让·D以严肃的声音对我说：

“你瞧，我的小老弟……女人……远看真了不起……可是接近她们时就得当心……”

他突然露出忧伤的神情。

一个星期四，我们在城堡旁的小丘上玩耍。小埃莱娜坐在平时白雪坐的长凳上看着我们。我们爬上松树。我爬得很高，从一根树枝爬到另一根树枝时，我差点跌下来。当我从树上下来时，小埃莱娜脸色煞白。那天她穿着她的马裤和镶嵌着螺钿的开襟短背心。

“这可不难……你本来会跌死……”

我从来没有听过她用这种粗鲁的语气说话。

“你可不能这么干……”

我还没有见过她这样生气，我差一点要哭出来。

“我，我曾经因为一件这样的蠢事而放弃了我的工作……”

她抓住我的肩膀，一直把我带到树下的石凳前。她让我坐下。她从她开襟短背心的内袋里掏出一个鳄鱼皮的钱夹子，它和阿妮给我的香烟盒的颜色相同，大概来自同一家商店。她从这个钱夹子里取出一张纸片，把它递给了我。

“你认字吗？”

这是报纸上的一篇文章，还附有一张照片。我读了那些大字：**空中杂技女演员埃莱娜·托克因一次严重事故受伤。米斯塔法·阿马尔在她的床头**。她把这篇文章又拿过去，重新放在钱夹子里。

“在生活中事故来得很快……我过去也像你……我那时不懂……我那时满怀信心……”

她似乎懊悔像对大人一样对我说话：

“……我请您吃点心……我们去面包铺买糕点……”

在多尔代恩医生街上，我稍稍退到后面，为的是看她走路。她有点瘸，而直到那时为止，我没有想过她并不是生来瘸腿的。这么说，在生活中，有时会发生事故。这个发现大大搅乱了我的心境。

在我独自坐阿妮的四马力汽车到巴黎、她送给我鳄鱼皮的香烟盒的那个下午，我们终于在第十七区今天被毁的那些小街里重新找到了我们该走的路。我们像平时那样沿着塞纳河的堤岸行驶。我们在纳伊和皮托岛一侧的河岸上停了一会儿。我们站在通往浅色浮桥的木楼梯的高处，看着浮动别墅和改成套间的驳船。

“我们很快就该搬家了……帕托施……我想住在那儿……”

她曾经几次对我们谈过这件事。想到将要离开我们的家和村庄，我们有点不安。可是住到一艘这样的驳船上……我们一天天地等待着动身去经历这新的奇遇。

“我们会给你们俩安排一个房间……有舷窗……还有大客厅和酒吧间……”

她一边高声说话一边在遐想。我们重新坐进四马力汽车。车子开过圣克卢隧道后，在高速公路上，她向我转过脸。她的眼睛比平时更清澈。

“你知道你该做什么吗？每天晚上，你该把你白天做的事写下来……我要给你买一个本子……”

这是一个好主意。我把手插进口袋里，想证实一下那个香烟盒是否还在我身上。

有的东西一不小心就会从你的生活中消失，但是这个香烟盒依然忠于我。我知道它始终在我够得到的地方，在床头柜的抽屉里，在衣物柜的格子里，在课桌的深处，在上衣的内袋里。我对于它，对于它的存在毫不怀疑，结果我把它忘了。除了在沮丧的时刻。那时，我从各个角度凝视它。这个物品是我生活中一个我不能对任何人说的阶段的唯一证明，而我有时心想我是否真的经历过这个阶段。

不过有一天我差点把它弄丢了。我那时在一所中学读书，等着到十七岁。我的香烟盒引起了一对双胞胎兄弟的觊觎。他们出身于大资产阶级。他们在别的班级有许多堂表兄弟，他们的父亲有“法国第一射手”之称。如果他们联合起来对付我，我是没法自卫的。

唯一摆脱他们的办法就是尽快让人把我从这所中学除名。一天上午我溜了出去，我利用这个时间参观尚蒂伊、莫特方丹、埃尔芒翁维尔和沙阿利修道院。我到吃午饭的时候才回到学校。校长通知我退学，但他没能找到我的父母。我的父亲几个月前动身去哥伦比亚，为了找到一位朋友告诉他的一片蕴藏黄金的土地；我的母亲在拉绍德封①附近巡回演出。人们让我独自呆在校医室的一间房间里等人来接我。我无权上课，也无权和我的同学一起在食堂吃饭。这种豁免权使我最终避开那对兄弟、他们的堂表兄弟和法国第一射手。每天夜晚，在我睡着以前，我会检查一遍我的

---

① 瑞士城市。

鳄鱼皮香烟盒是否还在枕头下。

几年之后，这件东西最后一次引起了我对它的注意。在这以前，我接受了阿妮要我每天在一个本子上写作的建议。我终于完成了第一本书。我坐在瓦格朗大街咖啡馆的小酒吧间里。在我身旁站着一个男人，他六十岁左右，黑头发，戴着细架眼镜，衣着像他的双手一样清洁。我观察了他好几分钟，心想他在生活中究竟能干什么。

他要侍者给他送包香烟，但是这家咖啡馆不卖香烟。我把我的香烟盒递给他。

“非常感谢，先生。”

他从盒里抽出一支烟。他的目光停驻在鳄鱼皮烟盒上。

“对不起。”

他从我手里拿过烟盒。他皱着眉头，把它翻过来又翻过去。

“我也有同样的烟盒。”

他把我的烟盒还给我，以专注的目光打量着我。

“我们所有库存的这种商品失窃了。后来，我们就没有再卖过这种商品。先生，您拥有一件非常稀少的藏品……”

他冲我微笑着。他曾经是香榭丽舍大街上一家大皮件商店的经理，但他现在退休了。

“他们不满足于这样的香烟盒。他们进店偷窃了所有的东西。”

他向我俯下脸，始终对我微笑着。

“您别以为我对您有丝毫的怀疑……您那时还太年轻……”

“这件事是多久以前发生的？”

“大约十五年前。”

“他们被抓住了没有？”

“有的人没被抓住。这些人还干了些比这次盗窃更严重的事……”

一些更严重的事。这些话我已经听过。身受一次

严重事故之害的空中杂技女演员埃莱娜·托克。还有那位长着一双大大的蓝眼睛的青年人后来回答我说：**一件非常严重的事**。

外面，我在瓦格朗大街上怀着一种奇怪的激奋行走着。很久以来，我第一次感到阿妮的存在。那天晚上，她在我身后走着。罗歇·樊尚和小埃莱娜大概也在这座城里的一个地方。事实上，他们从来没有离开过我。

白雪不辞而别，一去不返。在吃午饭时，玛蒂尔德对我说：

“她走了，因为她不愿再照顾你，幸运的傻瓜！”

阿妮耸耸肩膀，对我眨了一下眼睛。

“妈妈，你说什么傻话！她走是因为她要回家。”

玛蒂尔德眯起眼睛，狠狠地看了她女儿一眼。

“在小孩子面前怎么能这样对妈妈说话！”

阿妮装作不听她妈妈的话。她向我们微笑着。

“你听到了吗？”玛蒂尔德对她女儿说，“你不会有好结果的！就像幸运的傻瓜！”

阿妮再次耸耸肩膀。

“请您冷静下来，蒂尔达。”小埃莱娜说。

玛蒂尔德用手指对我指着她脑后的发髻。

“你知道这意味着什么吗？现在白雪不在了，是我看管你，幸运的傻瓜！”

阿妮陪我去学校。她像平时一样把手放在我的肩膀上。

“你不要把妈妈说的话放在心上……她老了……老人们是什么话都会说出来的……”

我们提前来到了学校。我们在操场的铁门前等着。

“你和你弟弟，你们就要在对面的房子里睡上一两夜……你知道，那座白房子……因为有一些客人要到我们家住几天……”

她大概知道我感到不安。

“不过，无论如何，我会和你们呆在一起……你会明白，你们会玩得很好……”

在课堂上，我没有听老师讲课。我在想别的事情。白雪走了，我们就要住到对面的房子里。

放学以后，阿妮把我和弟弟带进对面的房子里。她在面对多尔代恩医生街的小门前按响了门铃。一位相当肥胖、穿着黑衣服的妇人给我们开了门。她是这座房屋的看门人，因为屋主从来不住在这里。

“房间准备好了。”看门的女人说。

我们登上亮了电灯的楼梯。这座房子所有的百叶窗都关着。我们沿着一条走廊往前走。看门的女人打开一扇门。这间房间比我们的房间大，还有两张带有黄铜横档的床，这是两张大人的床。浅蓝色的糊墙纸和一些图画覆盖在墙上。窗户面对多尔代恩医生街。百叶窗开着。

“你们在这儿会很舒服的，孩子们。”阿妮说。

女看门人对我们微笑着。她对我们说：

“明天早晨我给你们准备早餐。”

我们走下楼梯，女看门人领我们参观房子的底层。在大客厅里，百叶窗关着，两盏枝形吊灯的水晶玻璃闪闪发光，使我们目眩。除了钢琴，所有的家具上都覆盖着透明的罩子。

晚饭后，我们和阿妮一起出去。我们穿着睡衣和室内便袍。在室外穿着室内便袍真有趣，我们和阿妮一起走在大街上，一直走到罗班·代·布瓦旅店。我们本想遇见一个人，好让他看见我们是穿着室内便袍在街上散步。

我们按响了对面房子的门铃，那位看门人再次给我们开了门，并且把我们带到我们的房间。我们睡在带有黄铜横档的床上。女看门人对我们说她睡在客厅旁，还说如果我们需要什么的话可以叫她。

“不管怎样，我就在附近，帕托施……”阿妮说。

她吻了我们的前额。我们在晚饭后已经在我们真正的房间里刷过牙。女看门人关上百叶窗，她把灯灭了，她们俩一起走了。

在这第一夜，我和弟弟聊了很长时间。我们本想到底层的客厅看看那些分枝吊灯、那些盖着罩子的家具和那架钢琴，但我们怕楼梯的木头吱吱作响，怕女看门人训斥我们。

第二天上午，到了星期四。我不用去上课。女看门人用一个盘子把我们的早饭送到我们的房间里。我们向她道了谢。

这个星期四弗雷德的侄子没有来。我们留在大花园里，在房子的正前面。安装在房子落地窗上的百叶窗都关闭着。花园里有一棵垂柳，在花园深处，有一道竹篱笆，透过篱笆可以见到罗班·代·布瓦旅店的平台和侍者为晚饭摆好餐具的桌子。中午我们吃了三明治，是看门人为我们做的。我们坐在花园的椅子上，拿着我们的三明治，如同吃野餐那样。晚上，天气很好，我们在花园里吃了晚饭。女看门人又为我们做了火腿和奶酪三明治。还做了两块苹果蛋挞作为饭后甜点。另外还有可口可乐。

阿妮在晚饭后来了。我们穿上了睡衣和室内便袍。我们和她一起出去。这一次，我们穿过了下面的大路。我们在公园附近遇见了一些人，他们看见我们穿着室内便袍时露出惊讶的神情。阿妮穿着她的旧皮茄克和蓝布工装裤。我们走到火车站前。我想我们可以穿着室内便袍坐火车直到巴黎。

回来的时候，阿妮在白屋子的花园里吻了我们，并且送给我们每人一把口琴。

我在半夜里醒了。我听到马达的声响。我起身走到窗口张望。女看门人没有关上百叶窗，她只拉上了红色的窗帘。

在对面，客厅的凸肚窗亮着灯光。罗歇·樊尚的车子停在屋前，它的黑色车顶篷翻了下来。阿妮的四马力汽车也在那里。但是马达的声响来自一辆篷布盖着的卡车，它停在街道的另一侧，在基督教教堂的墙壁前。马达停了下来。两个男人从卡车里走出来。我认出是让·D和比克·达尼，他们俩都走进了房子。我看见一个人影不时地在客厅的凸肚窗前走过。我困得很。第二天早晨，女看门人在给我们送来装早饭的盘子时把我们叫醒了。她和弟弟陪我去学校。多尔代恩医生街上，卡车和罗歇·樊尚的汽车都不在了。但阿妮的四马力汽车一直在那儿，在房子前面。

在学校门口，弟弟独自一人等着我。

“我们家里什么人都没有了。”

他对我说女看门人刚才把他带回了家。阿妮的四马力汽车在那儿，但没有任何人。女看门人大概去凡尔赛买东西了，要快到傍晚时才回来，她把弟弟留在家里，对他说阿妮很快就会回来，因为阿妮的车在那儿。弟弟在空房子里等着。

能够重新见到我让他感到如释重负。他甚至笑起来，就像一个恐惧的人完全镇静下来时那样。

“他们到巴黎去了，”我对他说，“别担心。”

我们走上多尔代恩医生街。阿妮的四马力汽车在那儿。

餐厅里和厨房里都没有人。客厅里也没有人。在二楼，阿妮的房间是空的。小埃莱娜的房间也是空的。在院子深处，玛蒂尔德的房间同样是空的。我们走进白雪的房间。毕竟，白雪或许回来了。不。仿佛从来没有人住过这些房间。从我们的窗子望出去，我看着下面阿妮的四马力汽车。

屋子的沉寂使我们害怕。我打开收音机，我们吃了碗橱上的水果篮里剩下的两个苹果和两根香蕉。我打开花园的门。绿色的碰碰车一直在那儿，在院子中央。

“我们等他们吧。”我对弟弟说。

时间在过去。厨房闹钟的指针指着 1 点 40 分。到上学的时候了。但我不能把弟弟一人留下来。我们面对面地坐在餐厅的桌子旁。我们听着收音机。

我们走出屋子。阿妮的四马力汽车一直在那儿。我打开一扇车门，坐到前排我们平时坐的位置上。我在手套箱里搜寻，又仔细察看后排坐椅。什么也没有找到。只有一个旧的空烟盒。

“我们散步到城堡去吧。”我对弟弟说。

天刮着风。我们沿着多尔代恩医生街走着。我的同学们已经去上课了，老师注意到我的缺席。我们越往前走，越感到我们周围一片寂静。在阳光下，这条街和这些房屋似乎荒无人烟。

风轻轻地摇动着草地上的蒿草。我们俩从未独自来过这里。城堡被砖堵死的那些窗户给我造成的不安，使我想起我们和白雪一起到森林里散步后在晚上回家时的感觉。在那个时候城堡的正面阴森可怕。如同现在，在下午的光天化日之下。

我们坐在那张长凳上，当我们攀爬松树的树枝时，白雪和小埃莱娜就坐在长凳上。我们周围始终是一片沉寂，我试图用阿妮给我的口琴上吹出一支曲子。

在多尔代恩医生街，我们从远处看到一辆黑色的汽车停在房子附近。一个男人坐在驾驶盘后面，他把一条腿伸出车门外，正在读一张报纸。在房子的门前，一个没有戴帽子的宪兵笔直地站在那儿。他年龄不大，金色的头发剃得短短的，一双蓝色的大眼睛望着空旷处。

他吓了一跳，眼睛圆睁，打量着我们。

“你们干什么?”

“这是我的家，”我对他说，“发生了什么事?”

“非常严重的事。”

我害怕了。不过他的声音也有点发抖。一辆带有吊车的小卡车开到了大街的拐角。一些宪兵跳下地，把阿妮的四马力汽车拴到吊车上。然后小卡车开动了，沿着多尔代恩医生街缓缓地拖着阿妮的四马力汽车。这是使我最吃惊和最痛苦的事。

“这事非常严重，”他说，“你们不能进去。”

但我们进去了。有个人在客厅里打电话。一个棕色头发、穿着华达呢衣服的男人坐在餐厅的桌子边上。他看见了我和弟弟。他向我们走来。

“啊……是你们……孩子们？……”

他重复道：

“你们是这里的孩子吗？”

他把我们带进客厅。正在打电话的人挂断了电话。这个人个儿不大，肩膀很宽，他穿着一件黑皮上衣。他像刚才那个人一样说：

“啊……这是孩子们……”

他对穿华达呢衣服的人说：

“你必须把他们带到凡尔赛警察分局去……在巴黎不合适……”

非常严重的事，那个蓝色大眼睛的宪兵这样对我说。我回想起小埃莱娜保存在她的钱夹子里的那张纸：**空中杂技女演员埃莱娜·托克因一次严重事故受伤**。我那时走在她身后看她走路。她并不是天生一瘸一拐的。

“你们的父母亲在哪里？”那个穿华达呢衣服、棕色头发的人问我。

我在想怎么回答他。对他作出解释太复杂了。阿妮和我一起去见贞德学校的女校长并且装作是我的母亲的那天曾经这样告诉我。

“你不知道你们的父母在哪儿吗？”

我的母亲在北非的什么地方演戏。我的父亲在布拉柴维尔或者班吉，或者更远的地方。这太复杂了。

“他们死了。”我对他说。

他吓了一跳。他皱着眉头看着我，简直可以说他突然害怕我。那个穿皮上衣的小个子男人也张着嘴用不安的目光盯着我看。两个宪兵走进了客厅。

“继续搜查房子吗?”他们中的一个人问穿华达呢的棕色头发的人。

“是的……是的……你们继续搜查……”

他们走了。穿华达呢的棕色头发的人向我们俯下身。

“你们到花园里玩去……”他以非常柔和的声音说，“等一会儿我来看你们。”

他抓住我们每个人的手，把我们带到外面。绿色的碰碰车一直在那儿。他向花园的方向伸出胳臂:

“去玩去……一会儿见……”

他回到了屋里。

我们通过石头楼梯爬到花园的第一层平台，在那儿吉约坦医生的坟墓就掩映在铁线莲之中，在那儿玛蒂尔德种了一棵玫瑰。阿妮房间的窗户大开着，因为我们站得和窗户一样高，我看得很清楚，他们在阿妮的房间里到处搜索。

在下面，那个穿黑皮上衣的矮个儿男人手里拿着电筒穿过院子。他在石井栏旁弯下腰，拨开忍冬，想借助电筒看清里面的东西。其他的人继续在阿妮的房间里搜索。又来了别的一些人，一些宪兵和一些穿着便衣的男人。他们到处搜索，甚至连我们的碰碰车内也不放过，他们走进院子里，他们出现在屋子的窗户前，他们在一起说话，声音很高。而我们，我和弟弟，我们一边装作在花园里玩耍，一边等着有人来接我们。

图书在版编目(CIP)数据

缓刑/(法)莫迪亚诺(Modiano, P.)著;严胜男译.—上海:上海译文出版社,2014.8(2014.10重印)
ISBN 978-7-5327-6470-9

Ⅰ.①缓… Ⅱ.①莫…②严… Ⅲ.①长篇小说—法国—现代 Ⅳ.①I565.45

中国版本图书馆CIP数据核字(2014)第096753号

Patrick Modiano
Remise de peine

图字:09-2011-539号

缓刑
[法]帕特里克·莫迪亚诺 著 严胜男 译
策划编辑/龚 容 责任编辑/黄雅琴 装帧设计/柴昊洲

上海世纪出版股份有限公司
译文出版社出版
网址:www.yiwen.com.cn
上海世纪出版股份有限公司发行中心发行
200001 上海福建中路193号 www.ewen.co
浙江新华数码印务有限公司印刷

开本787×1092 1/32 印张4.25 插页5 字数36,000
2014年8月第1版 2014年10月第2次印刷

ISBN 978-7-5327-6470-9/I·3860
定价:30.00元

ISBN 978-7-5327-6470-9